诗经 万物皆有情

刘冬颖 著

中国出版集团公司
华文出版社

图书在版编目（CIP）数据

诗经：万物皆有情 / 刘冬颖著 . -- 北京：华文出版社，2021.8
ISBN 978-7-5075-5481-6

Ⅰ . ①诗… Ⅱ . ①刘… Ⅲ . ①《诗经》- 诗歌欣赏 Ⅳ . ① I207.222

中国版本图书馆 CIP 数据核字 (2021) 第 136696 号

诗经：万物皆有情

作　　者：	刘冬颖
责任编辑：	景洋子
出版发行：	华文出版社
地　　址：	北京市西城区广外大街 305 号 8 区 2 号楼
邮政编码：	100055
网　　址：	http://www.hwcbs.com.cn
电　　话：	编 辑 部 010-58336252　发 行 部 010-58336202
	总 编 室 010-58336239
经　　销：	新华书店
印　　刷：	三河市航远印刷有限公司
开　　本：	880mm×1230mm　1/32
印　　张：	6.5
字　　数：	124 千字
版　　次：	2021 年 8 月第 1 版
印　　次：	2021 年 8 月第 1 次印刷
标准书号：	ISBN 978-7-5075-5481-6
定　　价：	48.00 元

版权所有，侵权必究

前言

"邂逅相遇,适我愿兮。"我很喜欢《诗经》里的这句诗,简单直接地写尽了相遇的美。人与书的心灵相遇,也是如此欢欣。任何时候打开《诗经》,都有一种清新宁静的感觉扑面而来,那里有初民们淳朴温厚的气息、草木葳蕤的光泽、细致而婉转的相思、隐约而美丽的情怀……诗中邂逅相遇的那些"巧笑倩兮"的良人、"在水一方"的美景,让我如醉如痴。

《诗经》是中国文学故土的乡音,家乡有"杨柳依依"的原野,也有"方涣涣兮"的河流;有"颜如舜华"的女子,也有"赠之以勺药"的男儿。你可能"有女同车",心情大好;也可以"执子之手",期盼相守到老。大凡热爱文学的人,多少都有些《诗经》情结。但对大多数人来说,《诗经》就像天边的月亮,可望而不可即。

历史上,《诗经》一直被视为经典书。《诗经》反映了西周初至春秋中叶社会生活的各个方面,仿佛是一轴巨幅画

/ 诗经：万物皆有情 /

卷，当时的政治、经济、军事、文化以及世态人情、民俗风习等尽在其中。举凡《诗经》里的礼、乐、车、服、花、草、木、鸟、兽、虫、鱼，都承载着文化，言说着历史。在孔子之前，《诗经》就已经成为中国人的教科书，两千多年来的士子都要学习它。它最初名为《诗》或《诗三百》。我不喜欢《诗经》这个称谓，因为一加上"经"这个字，本身就给人以距离感，想要敬而远之，不愿意去读了。而"诗"却是朗朗上口、流畅生动的，令人必欲读之而后快！

两千多年来，代代都在说《诗》，解《诗》者各立新说，有一千个读者，就有一千种"《诗经》心得"，前人反古人，后人又反前人。经过各种各样研究者的诠释、解说，《诗经》愈来愈演绎成一部意识形态的解说词。面对虽文辞优雅，但古奥、晦涩、注解繁复的《诗经》，大多数现代人仅浅尝辄止，只知《诗经》美，但不知其所以美，难以领略其中的真味。再一提到《毛诗正义》《诗集传》一类，就像是一不留神撞见了贾政的宝玉，阅读的兴致先减了大半。很多说自己喜欢《诗经》的人，大概只能够喜欢《蒹葭》《关雎》等少数篇章中的个别句子罢了。

今天的我们该怎样读《诗经》呢？

要走回《诗经》的时代，将心比心，以饮食男女的素朴心来领悟，就能了解《诗经》中的真意。

《诗经》穿越了西周到春秋中期长达五百年的岁月风尘，或琴瑟在御，浅吟低唱，或钟鼓齐鸣，颂声煌煌。与今天诗歌在生活中的孱弱不同，在那时，诗歌既是礼仪，又伴和着最华美的乐章，既高贵也平实，与日常生活息息相关。"诗比历史更真实"，那些读起来佶屈聱牙、晦涩难懂的句子，都是从曾经鲜活的生活和生命中走来，是最朴实、最真挚的歌唱。《诗经》时代是中国人的孩童时光，我们的祖先在田地山野之中、湖泊河流之畔、街巷居室之侧，采摘着快乐、忧伤和梦想。"所谓伊人，在水一方""执子之手，与子偕老""窈窕淑女，君子好逑""投我以木桃，报之以琼瑶"，这些古老文字并没有在岁月风尘里发黄，其所表述的情感依然在今天的生活中盛开如花。从这一点来说，我们与《诗经》之间虽有近三千年的时间阻隔，却是心有灵犀一点通的。

触摸《诗经》，情感的温度还在，它像在地下沉睡了几千年的古莲子一样，只要有适宜的阳光、温度和水，今天的我们仍可以激活它，让它发芽、开花。无论"今夕何夕"，若你游走在《诗经》的层峦叠嶂间，总会发现文字背后似乎裹藏着熟悉又亲切的灵魂。《诗经》如一位素面朝天，却国色天香、被历史宠爱了几千年的绝代佳人，独自温婉优雅地缓缓吟唱着那一句句美妙氤氲的诗，那简洁明快、朗朗上口的韵致，让人觉得每一首诗都如珠如宝，值得去细细品味。在纷繁芜杂的现代社会里，读着它们会让人心里有种甜甜的清凉。

刘冬颖
二〇二一年小满日

第一章 千古姣然——《诗经》中的情事

《周南·关雎》 窈窕淑女,君子好"仇"——爱情的太极图　　/002

《邶风·静女》 匪女之为美,美人之贻——世界因你而美丽　　/008

《王风·大车》 穀则异室,死则同穴——我爱你但与你无关　　/011

《王风·采葛》 一日不见,如三秋兮——爱情中的相对论　　/016

《召南·野有死麕》 野有死麕,白茅包之——激情也纯净　　/019

第二章 因人生情——《诗经》中的草木

《郑风·有女同车》 有女同车,颜如舜华——花中才女是木槿　　/024

《大雅·抑》 投我以桃,报之以李——水果中的情谊　　/030

《秦风·蒹葭》 蒹葭苍苍,白露为霜——最具象征意味的草　　/034

《鄘风·桑中》 期我乎桑中,邀我乎上宫——约会就去桑林吧　　/038

《郑风·溱洧》 伊其相谑,赠之以勺药——中国人的玫瑰花　　/043

/ 诗经：万物皆有情 /

第三章　**天人合一——《诗经》中的动物**

《邶风·燕燕》 燕燕于飞，差池其羽 —— 燕子最传情　　　　/050

《鄘风·相鼠》 相鼠有皮，人而无仪 —— 老鼠皮上的哲学　　/056

《曹风·蜉蝣》 蜉蝣之羽，衣裳楚楚 —— 生命的绚烂与悲凉　/061

《王风·君子于役》 日之夕矣，羊牛下来 —— 日常生活的素描　/065

《召南·何彼襛矣》 其钓维何？维丝伊缗 —— 鱼水之欢写性爱　/069

第四章　**永以为好——《诗经》中的婚事**

《豳风·伐柯》 取妻如何？匪媒不得 —— 媒人这把斧子　　　/074

《周南·桃夭》 桃之夭夭，宜尔子孙 —— 婚礼上的奏鸣曲　　/078

《卫风·氓》 桑之落矣，其黄而陨 —— 离婚了就别再留恋　　/083

《唐风·绸缪》 今夕何夕，见此良人 —— 新婚的幸福时刻　　/089

《邶风·击鼓》 执子之手，与子偕老 —— "我"的真爱誓言　　/092

II

第五章 **情与物游——《诗经》中的器物**

《郑风·女曰鸡鸣》 琴瑟在御,莫不静好 —— 琴瑟合鸣最关情　/098

《秦风·车邻》 有车邻邻,有马白颠 —— 有车一族的气象　/104

《鄘风·柏舟》 泛彼柏舟,在彼中河 —— 我的心是不系之舟　/108

《小雅·斯干》 载弄之璋,载弄之瓦 —— 男女天生就不同吗　/113

《周南·卷耳》 我姑酌彼兕觥,维以不永伤 —— 酒杯中的情谊　/117

第六章 **都市曲调——《诗经》与城市**

《鄘风·墙有茨》 墙有茨,不可扫也 —— 都市隐私最流行　/122

《鄘风·定之方中》 定之方中,作于楚宫 —— 修建新城国祚长　/129

《小雅·都人士》 彼都人士,狐裘黄黄 —— 城市中人风度翩翩　/132

《小雅·湛露》 厌厌夜饮,不醉无归 —— 觥筹交错的夜生活　/136

《郑风·出其东门》 出其东门,有女如云 —— 最繁华处在东门　/140

/ 诗经：万物皆有情 /

第七章 **洵美且仁——《诗经》中的男人**

《郑风·叔于田》 叔于田，巷无居人——男人的力与美　　　　/146

《王风·黍离》 行迈靡靡，中心摇摇——《诗经》里的屈原　　/153

《陈风·月出》 月出皎兮，佼人僚兮——最会审美的男人　　　/158

《秦风·小戎》 言念君子，温其如玉——我爱的男人像美玉　　/163

《郑风·子衿》 青青子衿，悠悠我心——乱我心的那一个书生　/167

第八章 **在水一方——《诗经》中的女人**

《卫风·硕人》 巧笑倩兮，美目盼兮——最美的女人最忧伤　　/174

《卫风·竹竿》 驾言出游，以写我忧——中国第一位女诗人　　/179

《郑风·褰裳》 子惠思我，褰裳涉溱——女人也爱得勇敢　　　/185

《卫风·伯兮》 自伯之东，首如飞蓬——女为悦己者容　　　　/188

《陈风·株林》 乘我乘驹，朝食于株——终结《诗经》的女人　/192

IV

第一章
千古姣然——《诗经》中的情事

一部《诗经》,最惹人注目的就是说"爱"的篇章。温婉的杜丽娘小姐,就是读出了《关雎》一诗的缠绵爱意,才成就了一番可以死亦可以生的爱情;"混世魔王"贾宝玉,学《诗经》只学了言情的《国风》,才特别会怜香惜玉。今天有许多解读《诗经》的书,干脆只选了说爱的诗篇,甚至令对《诗经》陌生的读者们误解,似乎《诗经》就是描写谈情说爱的。

只因为《诗经》所言的情事,实在是太动人。那一个个为情所困、为情所伤的女子,那一个个珍惜爱情、珍重爱人的男子,他们的心灵之美撼动了历史上无数的少男少女心。因为《诗三百》在历史上被尊为"经",是古代孩子们的教科书。所以,这本两千多年前编成的诗集,实际上也是古代青年男女的爱情圣经。

《周南·关雎》
窈窕淑女,君子好"仇"
——爱情的太极图

关关雎鸠,在河之洲。窈窕淑女,君子好逑。
参差荇菜,左右流之。窈窕淑女,寤寐求之。
求之不得,寤寐思服。悠哉悠哉!辗转反侧。
参差荇菜,左右采之。窈窕淑女,琴瑟友之。
参差荇菜,左右芼之。窈窕淑女,钟鼓乐之。

——《周南·关雎》

这是历时三千年永远美丽的情歌!任何人吟诵起它都会怦然心动。在写下我的心动之前,我忍不住要先讲一个和这首诗有关的爱情故事。

因为清宫戏的普及,皇太极的英明神武、戎马天下可谓妇孺皆知了;而孝庄皇后巾帼胜须眉的气概,更是因各种"秘史"的演绎而深得现代女性观众的青睐。可是孝庄并不是皇太极最爱的女人，在皇太极的宫殿里，有一座"关雎宫"：

关关雎鸠，在河之洲。窈窕淑女，君子好逑。

这千古绝唱触动了皇太极的心，他要用最美的词语来表达自己最珍贵的爱情。当"关雎宫"的牌匾悬挂起来的时候，后宫佳丽，或翘首以盼，或妒心暗起，她们想知道——谁，是令皇帝"辗转反侧"的女子？

她就是宸妃，名叫海兰珠，一个眼波、心底都妩媚微笑的女子。

海兰珠没有绝世姿容，在成为皇太极的妃子前还曾有过婚姻。她很喜欢撒娇，和孝庄不同，她只是个小女人，不懂什么大道理。她的道理就是她自己和她的男人，她将皇太极视为自己的男人，而不是皇帝，可能正是这一点征服了皇太极。

男女相爱，犹如蝶与花、蜂与蜜，合你意的那个人，与你是相互需要的。皇太极是山一般的男人，正需要海兰珠这样柔媚的水来缠绕，好比阴阳太极图黑白阴阳紧紧契合所成就的圆满。而孝庄是另一座秀美的山峰，山与山只能对峙、并立，怎能相爱呢？

宸妃离世时，皇太极正为满洲拓展疆土在外征战，听到宸妃的死讯，他悲声痛哭，方寸大乱，立刻班师回朝。直到他去世前，仍念念不忘他最心爱的女人——海兰珠。

这段情事中最动人的就是"关雎宫"这一名称。从秦始皇开始，中国有皇权的历史长达两千多年，那么多皇帝中只有皇

/ 诗经：万物皆有情 /

太极一个人敢这样直白表达自己的爱，真是个好汉子！皇太极是马背上的皇帝，雄韬大略，一世英雄，心中却有这样一个柔软美丽的角落，当他向自己心爱的女人表白爱情时，心中荡起的竟是两千多年前《关雎》清丽明快的曲调、清纯真切的词句。今天，"关雎宫"的牌匾仍悬在沈阳故宫中，言说着"爱情"两个字带给人的温暖和幸福。

让我们来一起体味触动了皇太极柔肠的《关雎》诗吧——

《关雎》诗开篇盈耳的就是清灵的鸟鸣声，"关关"这一叠音象声词，描摹出了雌雄两鸟轻快、活泼的和鸣，在不经意间就把我们带到了两千多年前的黄河岸边。那时的黄河边，是绿树葱茏、繁花似锦的。遥想那满是翠色的小岛上，一定群鸟毕集、争相鸣唱，而诗人为何单单注意到了雎鸠鸟的鸣叫声呢？

雎鸠，是一种水鸟，这种鸟儿雌雄相爱，形影不离，情真意专，如果一只先死，另一只便忧伤不食，憔悴而亡。诗的首句以雎鸠鸟一声声地相互和鸣，引起男子无限的情思，想到只有那位美丽贤淑的少女，才是自己理想的佳偶。除却巫山不是云啊！

"窈窕淑女，君子好逑"一句，几乎人人尽知，但却往往会犯两个不同的错误：一是许多人只把"窈窕"解成"苗条"，当作好的身材；二是把"好逑"说成努力地追求。古汉语中的真实含义却不是这样的。"窈窕"是美好的形象，指女子的外表美；"淑"是指女子的心灵美。诗人追求的是一个外表和心灵都美的姑娘。而"好逑"则是理想的对象之意。鲁迅先生在《且介亭杂文·门外文谈》中，干脆就把这句翻译为"漂亮的好小姐呀，是少爷的好一对儿"，真是直白通俗，又恰到好处。

唐代的陆德明解这句最出新意，他因汉代的郑玄笺注云"怨偶曰仇"，说"逑"字本为"仇"字误，此句应改为"窈窕淑女，君子好仇"，这倒是品透人情的注疏！历史上对陆德明的记录并不多，从这注疏里倒能看出他是个懂感情的男人。爱情是块奶糖，甜蜜蜜的，让人消受不已；爱情又是一把刀，让人心里滴血。真正的爱，往往既包含着春天的鸟语花香，又深藏着冬天的寒冷和痛苦。爱到深处，那心爱的人既是自己渴求的对象，又是自己的仇人；既希望能和他融化在一起，又恨他不懂你心。这也是爱情太极图相生相克的另一番含义吧？

《诗经》第二章的"参差荇菜"承接"关关雎鸠"而来，也是以水中小岛上的生物触景生情。荇菜是水生植物，这种植物的叶子形状、生态习性都与荷花近似，开灿烂金色的小花，茎和叶非常柔软滑嫩，可以作蔬菜食用。"参差荇菜"一句，在此诗中一而再，再而三地出现，究竟起着怎样的作用？而其后承接的三句，仅有"流""采""芼"一字之差，又有怎样的奥妙呢？闻一多先生认为，这是指女子在水中采摘荇菜，引发了男子的思慕之情。那少女在河边采摘荇菜的倩影，点点滴滴，都深深地烙印在男子的心上，难以磨灭。此处也以荇菜的难采摘比喻对淑女的难求，那左右浮动的荇菜，正如少女不可捉摸的心，注定这条情路要走得艰辛难熬。

相思的确是古今中外的人们都会得的"流行感冒"，轻则

几日头重脚轻,重也能一命呜呼。它既令人快乐又让人无限痛苦,既令人咒恨,又叫人不得不飞蛾扑火。这感觉,十八世纪的德国少年维特也体会过,并得到了当时欧洲青年的共鸣,他们模仿维特的装束、学着维特的腔调,甚至选择与他一样的不归路——自杀。《关雎》中坠入情网不能自拔的男子没有像维特那样陷入精神的绝境,伤心到吐血病倒,或绝望地自残,而是用音乐架构起一座美丽的爱之桥梁,他"琴瑟友之""钟鼓乐之",用音乐来愉悦心爱的女子。男子为这爱情种下了一颗充满希望的树种,让我们也不由得跟他一起,展望着一棵有着亭亭华盖的爱情大树。

　　这就是《诗经》的妙处!《诗经》所传达的情感从不毁伤人性,而是不断给人温暖和力量。与后代文学史上那些相思的断肠之作比起来,我更喜欢《关雎》的阳光灿烂、天真恬淡。"琴瑟友之"也成了历代互相倾慕的青年男女表达内心情感的一种方式:司马相如与卓文君的情感佳话,就是缘起于司马相如在卓府弹奏的一曲《凤求凰》;而著名的《西厢记》中有非常美的一场戏叫"月下听琴",张生对崔莺莺也采取了"琴瑟友之"的情感攻势,并最终获得了成功。

　　在《诗经》产生的时代,诗歌不是装饰、不是点缀,而是人生的日用品。《关雎》正是人生与艺术的姣然结合,"窈窕淑女"虽然已被时间的橡皮擦得有些模糊,但仍令人无限向往,她的翩翩衣袂盈盈地在中国文学史的黎明飘扬,近三千年来红颜不老,不断引人遐思。

爱情的组成分子对于古今中外每一个人都是相同的，在《关雎》"哀而不伤"的优美旋律中，我仿佛听到了从亘古传来的一首恋歌。"窈窕淑女，君子好逑"，究竟是我们跨越几千年的时空在膜拜人类最原始、最纯真的情感，还是今天的我们在复现着一个永恒的情结？这也是皇太极为他心爱的海兰珠悬起"关雎宫"牌匾的心情吧？

沧海桑田，斗转星移，能够使生命花园郁郁葱葱、春色长驻的，是爱情。

《邶风·静女》
匪女之为美，美人之贻
——世界因你而美丽

初见你，人群中独自美丽。打开《邶风·静女》的时候，电脑里飘出的是李宗盛的经典歌曲《我是真的爱你》。我喜欢李宗盛歌声里对爱情细节的描绘，两个人心动的每个瞬间都如西湖边三月的桃花，美煞！艳煞！我手上拿的《静女》，是《诗经》时代唯美的爱情歌曲：

> 静女其姝，俟我于城隅。爱而不见，搔首踟蹰。
> 静女其娈，贻我彤管。彤管有炜，说怿女美。
> 自牧归荑，洵美且异。匪女之为美，美人之贻。

诗人是一位男子，一位情深意长又情趣颇丰的男子。在他心里，自己爱的女人既温柔娴静又姝丽无比，"静女其姝"嘛。王国维在《人间词话》里说，写景要不"隔"。我觉得，写女人还是隔的好。离她太近，近到你能闻见她身上的香水味，必然也能看见她脸上脂粉也遮不住的雀斑。所以，只有这"静"字、"姝"字写那男子心爱的女人就已足够。不必再多言，那女子灵动的美已呼之欲出了。这美，值得一个男人用一生去呵护。

一个女子，当爱情之花在她心中盛开时，即使没有任何背景的陪衬，她也已经很美丽了。而静女的背后陪衬着一段古老的城墙，她"俟我于城隅"。厚重的城墙在一个女孩子身后延伸，好似一幅韵味深远的油画。画面虽简单，可能发生的故事却是无限的——她和心上人约好在城墙角落见面了！

她不知道什么缘故耽搁了与男子的会面，他心里急不可耐，想远远张望"静女"，却被树木房舍之类的东西挡住了视线，看不到她的倩影。

那女孩迟到了。呵呵，古代女孩约会也玩"迟到"游戏啊？

等待是一种幸福，更是一种煎熬。"爱而不见，搔首踟蹰"，那男子急得抓耳挠腮，不住徘徊。这场面想一下就有趣！恋爱中的女孩看见这句都会笑的，要看的就是他这副热锅上蚂蚁的样子，真是好玩！只那一句"搔首踟蹰"，就让人隐隐约约地听到一颗炽热的心在剧烈地跳动，噼里啪啦……火热的爱情在燃烧。一位恋慕至深、如痴如醉的有情男子形象跃然纸上。

等待最是无聊，满心都是她——她送给我的"彤管"那么好看，熠熠发光，我千百次地抚弄，仍爱不释手。上次见面，她还淘气地送我一束荑草，那是她从远处郊野亲手采来的。荑草并不稀奇，是随处可见的植物，但她给我的荑草，却是别的

男人见不到的,那代表了她的心。"匪女之为美,美人之贻",并不是荑草本身有多珍异,而是因为它乃心上人的赠予,所以才格外美丽!

《静女》的美吸引了从古至今的许多学者,他们滔滔不绝,喋喋不休,其中不乏对静女的种种猜疑,甚至说她是"淫女",很会勾引男人,就连"彤管"的确切含义也一直没有定论。其实,这些争论我们都不必去管,我们只要欣赏诗中的唯美爱情就好。生活已经是一地鸡毛了,文字中谁不愿见俊男靓女的美丽爱情?

读《静女》,看着那男人的痴情,忍不住想这诗若有后篇会如何?

转瞬之间,诗人才尽,静女老去。柔荑早不知道被丢在哪个角落烂掉了;彤管被压在箱底,偶尔翻东西看见,它已经变成黑灰色,没有了光泽。两人若分开,早把对方忘记了;厮守在一起呢,谁看谁都不顺眼,却又懒得分开,只是时间消磨了斗志,大家凑合过下去罢了。斗气时老太婆会说:"瞧你那个样子,当年像猴子一样抓耳挠腮等我,我都瞧不上你!"老头儿骂:"就你那大饼子脸,我还等你?我是想早点儿把你搞定,还忙别的呐。"气得老太婆抄起彤管敲他的头……

谁都有年轻的时候,当鲜花盛开,当爱情不期而至,我们也曾有过这样的欣悦和激动。如今,虽然城墙已化为废墟,所幸的是,留下了这首诗,不论将来如何,只记下了为美动心的那一刻。连同年少的心,一起做成书签,夹在岁月这本大书里。待偶尔翻起,温暖柔软了在生活中疲惫的心。

《王风·大车》
榖则异室，死则同穴
——我爱你但与你无关

"恋爱宝典"上的法则，从古至今都是相同的。相爱的人如果不能在一起，那曾经的爱便会抽象成传说中的"七色花"，永不凋落：

大车槛槛，毳衣如菼。岂不尔思？畏子不敢。
大车啍啍，毳衣如璊。岂不尔思？畏子不奔。
榖则异室，死则同穴。谓予不信，有如皦日。

——《王风·大车》

西周衰落后，周平王迁都洛邑，是为东周。曾经礼乐鼎盛的王朝如日薄西山，洛邑之人唱出的诗必然都有很沉郁的故国之思，连爱情诗也是催人泪下的。这就是《诗经·王风》的由来和大体风格。这首《大车》就写下了两千六百多年前发生在

洛阳附近的一场恋爱——一场没有结果的恋爱:

他坐在一辆大车上,穿着菼草一样色泽纯净的衣服,脸上带着微风般的笑容,气宇轩昂;她静伫于路边,望着他,心里百感交集。互相对视的那一刻,爱情很近很近,但又很远很远。

他看见了她眼中的怨尤,心疼!男人虽然有许多选择的自由,可是对于她,和所有的女人都不同,他真的放不下。这一走就是永生别离了。只是不走又能如何?私奔?

不!

私奔之后,这世上少了一对痴恋男女,只会多一对贫贱夫妻。还有,哪个男人不想建功立业,难道一辈子只为一个女人活?

可是他,真不敢再看一眼她,再看一眼就走不掉了。

那女人的心都要碎了,俏丽的脸庞因咬紧牙关憋着泪有些变形。"岂不尔思?畏子不奔!"真的爱你,只是你不敢与我一起私奔!我该怎样做才能留住你,你才能明了我的爱。"穀则异室,死则同穴!"她决然起誓:既然活着不能与你相依,那死了我也要和你葬在一起,让我们的白骨合冢!

同是女人,我知道这誓言背后一定有种种难、种种苦。我们可以猜想出这份爱必是有悖于常情,是由于地位的悬殊?父母的否定?那男人有婚姻的羁绊?这女子早已定亲?

只能放弃啊,可,我实在实在不愿放弃你!"谓予不信,有如皦日。"以太阳为证,我的心永远是向日葵,向着你,我的太阳。

车轮发出沉重压抑的声响,像是一连串的叹息声。车子向远处驶去，渐行渐远。她的眼睛湿润了，阴霾笼罩着原本灿烂的脸。大车的影子彻底消失了，街上熙熙攘攘依旧如常……

只留下与日同辉的誓言，与太阳一起，照着这女人，孑然一身。

爱情远去了，再也回不来。

这女子，该怎样活下半生呢？

现代女性可以通过工作来排遣失恋的痛苦，古代女人没有社会角色，她每天该如何丈量光阴呢？太阳每天都照常升起，他，还会想起我，想起我火热的誓言吗？

一部中国文学史，情诗如雨后春笋，佳作迭出，很多诗篇都能直抵人心。但这些情诗大多数是婉约的，像杨柳那般柔顺纤细。《大车》一诗说"爱"，却刚烈决断，如春雷骤发。因这特殊的决断，《诗经》学史上有一说，说此诗是传奇女子息夫人所作。

息夫人是春秋时期陈国的公主，一位倾国倾城的佳人。公元前684年，她嫁给了息侯。就在出嫁的路上，她途经蔡国，受到了姐夫蔡哀侯的接待。蔡哀侯很不老实，他调戏息夫人，被拒斥了。息侯知道后，当然很生气，但他不便直接对蔡国发难，便想了个鬼点子，向楚文王献计说："请楚国先发兵假装进攻息国，我就向蔡国求救。蔡国一出兵，您就可以帮我教训一下蔡侯。"楚文王当然乐得顺水推舟，借机在诸侯中立威，于是依计而行，大败蔡军，还活捉了蔡哀侯。当了俘虏的蔡哀侯知道自己被俘是拜息侯所赐，十分愤恨，就在楚文王面前猛

夸息夫人的绝世姿容。楚文王一听，连忙命令他的大军将息国灭了，把息夫人抢到手，并俘虏了息侯。

息夫人虽然成了楚王夫人，后来又生下堵敖及楚成王两个儿子，却始终不和楚文王说话。楚文王憋得受不了，问其缘故，息夫人垂泪答道："身为妇人而事二夫，不能守节而死，又有何面目与人谈话呢？"楚文王认为她伤心都是蔡哀侯惹的，再说那厮还曾斗胆调戏过夫人！为讨好夫人，楚文王大举兴兵伐蔡，攻占了蔡都，帮夫人出了一口恶气。

西汉刘向的《列女传》说，息夫人是一位忠于爱情的女子。她趁着楚文王出游的机会，私会息侯，并劝他："人生终究一死而已。生离于地上，岂如死归于地下哉？"并做《大车》一诗，向息侯表示自己对爱情至死不渝。于是，夫妇两人同日自杀。楚文王感其忠贞，以诸侯之礼合葬了他们。《大车》也就成了息夫人的绝命诗。

息夫人的命运是如此凄婉多变，不能不引发人们的慨叹。后人尊称息夫人为"桃花夫人"，这芳名，是既赞赏她面若桃花之美，又感慨她命如桃花之薄吧？

汉代以后，似乎无人怀疑息夫人对《王风·大车》的著作权。直到朱熹写他的"《诗经》心得"，才对这一说法提出质疑。他说《大车》是"淫奔"之诗，怎能是息夫人那样贞烈的女子写的呢？细想想，朱熹的质疑还真有道理：《王风》中的篇章是采于洛阳周围的，息夫人的歌流传到那里了吗？还是大家怜爱息夫人，特给了原本不属于她的著作权？

息夫人以《大车》一诗绝笔明志，这个说法很凄美，凄美到学者们都不愿去考证它的真伪。我们姑妄听之吧，只知道这是一个女子浓烈的爱情誓言就够了。

黄昏时分，我写这篇稿子的时候，没有开灯，只有电脑屏幕亮着。我怜惜这立誓女子的决然，想抛开一切外在，只单独和她待会儿。有只小虫儿一直在我的电脑屏幕上爬，转了一圈又一圈，怎么都爬不出去；直到我关掉了电脑，屏幕漆黑，过了一会儿，它才飞走了——先前那光亮诱惑了它也限制了它，使得它怎么都走不出去，等到它热恋着的光亮消失，它反而找到了出路。

莫非沉溺于爱恋中的人，根本看不清真相？否则，何以有这么多的痴情人蒙昧如这小虫儿？那个说"穀则异室，死则同穴"的女子就是这样一个痴情人。

爱没有永远。你此刻深爱，可能到了遥远的某一天便不再爱他。他，只是比你早一步到达了这一天而已。《简·爱》里不是说过："你会在我忘记你之前忘记我？"

其实，爱一个人并不一定要拥有他才是幸福。

有时候，放手也就是放松。放松别人，更放松自己。如果能从当局者的痛苦与迷惘中抽身，变成旁观者的时候，就会发现，爱的种种喜怒哀乐都是美好的，值得欣赏。

当爱已成往事，又何必在心底苦守？转眼就是沧海桑田，曾有多少坚如磐石的诺言，今朝，它们又在哪里？不如驾叶扁舟渡红尘，日日随流水，行到水穷处，就该是坐看云起时！

《王风·采葛》
一日不见,如三秋兮
—— 爱情中的相对论

刚刚说再见,我就开始想你了:

彼采葛兮,一日不见,如三月兮!
彼采萧兮,一日不见,如三秋兮!
彼采艾兮,一日不见,如三岁兮!

——《王风·采葛》

"葛"是豆科藤本植物,茎皮纤维可供织布,根能入药;"萧""艾"都是有香味的蒿类植物。采摘这些有用又芬芳的植物的女孩,就是那个小伙子热恋的人——

我不管,反正就是想你,想再一次见到你,好像已经想了你好多年。可是月落日升,不过仅仅,只是一天,才一天!

这就是爱情带给人的快乐的痛。

有一次，爱因斯坦跟人解释相对论："炎炎夏日，要是你坐在一个火炉前，一定是度日如年，但如果坐在一个美女身边，那就度时如秒，快得很了。"从《采葛》一诗来看，两千多年前的中国古人在谈情说爱的时候，早已经体会到相对论了！

相思如此噬骨，伊人在水一方。"一日不见，如三秋兮"，这感情如此强烈，却又如此清丽。没有你侬我侬的甜言蜜语，没有心比金坚的山盟海誓，没有荡气回肠的复杂情节，有的只是几句"疯话""傻话"："一日不见，如三月兮""一日不见，如三秋兮""一日不见，如三岁兮"，爱意已表达得通透彻底。这度日如年的思念，就如同一匹华丽的锦缎，铺展在我们心里。

因为彼此深爱，所以不能忍受片刻的分离，即便是分分秒秒，也如年年月月，只希望时时耳鬓厮磨。这爱情粉艳得正如张爱玲所说，闻得见香气。

尽管我们都知道，这香气只是在爱情之花绽放那一刻产生的。我们更知道，是花都有凋谢的那一天。可，我们依然沉醉于花开芬芳的那一刻。

在青春最美的时候，遇见生命中的最爱，是何其甜美而幸福啊。哪怕这之后，她变成了斤斤计较的俗气泼妇，他成了百病缠身的老叟。只要在那一刻，生命因对方而动听，那就是值得的、幸福的。

这诗表达的是一种急切的思念，急切到忘了写上心上人的名字，也忘了说自己是谁。因这"疏忽"，这急切的、无名的思念也就被历史上无数热恋中人深记于心，脱口而出，当作了

自己的心声。

恋爱过的人,其实都知道这种滋味,刚刚分开,又起相思。好不容易见到了你,时间转瞬即逝,又到了分开的时候。才一分开,又开始想你,直想得"东风无力百花残"。

"一日不见,如三秋兮",这从心底抽绎出的绵长真挚的爱恋,仿佛只能从传说般的《诗经》中方能体味。这种感觉,是很古典的。

现代社会,网络天下,太方便了,想见便见,想联系就联系,谁会躲在斗室里苦苦地思念着另一方?现代社会,也太紧张了,又有谁能把时间和精力奢侈地花费在思念上?

一日不见,如三秋兮。

这美丽的情愫,从古典中走来,跨越近三千年,在二十一世纪的今天,也希冀落地生花。

《召南·野有死麕》
野有死麕，白茅包之——激情也纯净

《诗经》里言情的篇章很多，但将镜头直接对准男女激情纪实拍摄的，却不多见。来看——

野有死麕，白茅包之。有女怀春，吉士诱之。
林有朴樕，野有死鹿。白茅纯束，有女如玉。
舒而脱脱兮！无感我帨兮，无使尨也吠！

——《召南·野有死麕》

对这首诗的理解，古今文人各有自己的高见，口水战至今没有结束。有的说这首诗是远古时代男女在野外相遇，一见钟情，并发生激情碰撞的描写；还有的说这是写一烈女抗暴，是有个男人要强奸她，她抵死不从。此诗的文字亦是历史上众多文人精研的，因为只有考证了文字的本义，才能明了那女子是

偷情、抗暴，还是正常地谈恋爱。

麇（jūn，獐子）和鹿，都是跑得很快的动物，野外出现个死麇、死鹿，当然不可能是自然死亡，而是猎人的手笔！《诗经》时代的猎人，就好比今天年薪百万的IT（信息技术）精英，很能吸引女人的，在女人眼里非常"钻石"。

注意！这猎人不是职业的，那个时代的男子学习"六艺"，射猎是很重要的一科，那时战事也多，很多贵族男子都常常练习驾车、打猎。

獐子和鹿用白茅捆束起来，就不是普通的猎物了，而是很像样的礼物，也是当时求婚的用品，"彩礼"之一。所以，在我们今天看来费解的起兴之后，诗人很适时地唱出了"有女怀春，吉士诱之"。

"怀春"和"诱"，都是粉红色的词汇，并不像我们想的那样是猩红色的淫荡。看看现代汉语的说解吧：

山野有只死獐子，白茅将之捆束。
少女春心萌动，英俊帅男来追求。
树林里面有小树，山野里面有死鹿。
白茅紧紧把鹿捆，少女就像玉样美。
慢慢悄悄相亲爱，别动我的佩巾，别惹狗儿乱叫嚷！

从追求、思慕到接受、亲热，全诗无多婉曲，如行云流水，一气呵成。这首诗虽短，却像一出电影蒙太奇，用一个个细节，刻画了爱情绽放时的美丽：有少女怀春，英俊的猎人包着獐子肉、鹿肉去追求她。美人如玉，令猎人倾慕不已。他不断地追求，最终打动了少女的芳心。情到深处，必然衍生出性爱的冲动。两个人希望融化在一起，重塑一个你、重捏一个我！但这女孩子还是有些娇羞，最后那三句口语最是可爱：

轻一点呦，别扯我衣服，不要惊动了狗狗——再等等，啊。

那语句中对男子的热切渴望是读者显而易见的，绝非传统经学所说的"抗暴"；但也不是"色情说"，如果是色情的话，那就不会把男子和姑娘称为"吉士""玉女"了。

因爱而生的激情是有的，但是总要有媒妁之言啊！所以，好哥哥，请你不要毛手毛脚了。惊动了狗狗，那东西一叫起来，别人该看见咱们了。

如此生动的情景，让人不禁莞尔。

因"獐子"引出的艳情，至此可明了，那艳，是春天桃花盛开的艳，如日升日落，亦如同四季轮回，是纤尘不染的童言无忌，美艳到纯净。

相比之下，后世有些艳情诗虽然也文字不错，失之香艳。魏晋南北朝民歌中有"打杀长鸣鸡，弹去乌臼鸟。愿得连暝不复曙，一年都一晓"。这深度缠绵、彻夜恩爱的艳词虽也真率，却只流于欲望，稍差了可爱。以后的文人艳词也不少，很多词句颇佳，但里面更多卖弄风流的成分在内，好像是在吹嘘自己不仅文采丰茂，还很男人！反正是倒胃口。

春秋时期，《诗经》是贵族子弟的教科书，孔子教授学生

也用了《诗经》做教材。《野有死麕》一诗引我深思的是,如此直言爱欲的诗在孔门师生之间是如何堂而皇之地探讨的。

《诗经》时代,人类刚开始对自身的情欲进行理性的反思,所以能正视这写情爱的篇章,连孔子也觉得合理,说《诗经》"思无邪"。后代儒家不像孔子那样直面人性,做作了起来。他们为《野有死麕》一诗伤透了脑筋,拼命想解释得"思无邪"一些,有时力不从心,解释得非驴非马,倒让今天的我们笑话。这些经学家真的傻到看不出《野有死麕》是写了男女激情?我想不至于。经学家注释《诗经》,相当于今天编中小学教材,他们是想通过《诗经》对世道人心产生一定影响。这样勉力而为,错误自难免,但这错误,我觉得是应该宽容的。

对《诗经》的解读因时代不同而变,一代有一代之"《诗经》心得"。不变的是爱情中的规则:男人们手拿着礼物跃跃欲试,《诗经》时代是獐子;今天,是"钻戒"。

第二章
因人生情——《诗经》中的草木

朝吟风雅颂,暮唱赋比兴;秋看鱼虫乐,春观草木情。

《诗经》时代的人们在生活中有无数香气馥郁、清新秀丽的草木相伴,让今天的我们艳羡。这些植物,或被先民们拿在手中,送给情人;或被男女相互调情时投掷;甚至桑林也成为青年男女的约会所在。一株普通的花、一棵不起眼的草、一片平凡的树林,都因为先民们的喜怒哀乐生动了起来,至今仍活在《诗经》中,千年不枯。

《郑风·有女同车》
有女同车,颜如舜华
——花中才女是木槿

我曾经幸会过木槿花,十几年过去了,我还记得当时对木槿花的一见倾心!

那是 2002 年,我去浙江奉化的一座小山旅游。半山腰有个亭子,我看过亭中的碑文,信步走出,一下被震撼了。那是并排四株灿然的花树,树干笔直挺秀,树冠像一束火苗般灵动,空中是大朵大朵的淡紫色花,地面落英缤纷。我脱口而出:哇,这花太像一个气质优雅的美貌才女了!蓦然想到这就是《诗经》里的"舜华"——木槿花啊!

孔子说读《诗经》能让人多识鸟兽草木之名。反之,多见鸟兽草木,也有助于理解《诗经》。因为目睹了木槿花的美,那位同车女子的气度、姿容,也在我心里鲜活了起来:

有女同车,颜如舜华,将翱将翔,佩玉琼琚。彼美孟姜,洵美且都。

有女同行,颜如舜英,将翱将翔,佩玉将将。彼美孟姜,德音不忘。

——《郑风·有女同车》

那是两千六百多年前的一个初夏,郊野地里的青草茂密得热闹,那浓郁的绿在柔和的阳光里仿佛一条流淌着绿玉的河。一辆宽敞华丽的马车优雅地行进在官道上,车上坐着孟姜姑娘和她俊美的情郎。

"孟"是老大的意思,这个女孩姓姜,在家里排行第一,用今天的话说,就是姜家的大姑娘。中国有句古话:"情人眼里出西施。"在那男人看来,孟姜真是美不可言。一路上,他的目光都注视着心爱的孟姜:她的面颊像木槿花一样娇媚,粉粉的嫩,鲜活而水灵;她的身材也像木槿花一样秀丽挺拔,是位"硕人"。

一句"颜如舜华",那女子已近在身旁,花朵的清秀美丽,花朵的娴静无言,花朵的芬芳,都触目可及了。

车子停了下来,两人携手走在草地上,情郎依旧望着孟姜:她走起路来就像鸟儿飞翔一样轻盈、欢畅,身上还散发出淡淡的如木槿花一样的清香。她身上佩戴着的玉饰,举手投足间,发出悦耳的声响。她不仅外貌美丽,还品德高尚、风度娴雅。

女人的美是男人的眼和心滋养出来的,诗人以无比的热情,从容颜、行动、穿戴以及内在品质诸方面,描画了一位完美少

女的形象,足见其恋慕之深。

木槿花是植物里的蜉蝣,朝开暮谢,所以白居易有"槿枝无宿花"的说法,李商隐对之有"风露凄凄秋景繁,可怜荣落在朝昏"的叹息。这只是文人心中的木槿花,带着伤逝的美。但木槿本身却并不忧伤,它六月开花,花期近三个月,花分单重瓣,花色有白、粉、红、紫几色。虽每花只开一日,但每天都有大量的花开放,花期满树花朵,娇艳夺目。所谓"舜华",是描述这花朝开暮谢的瞬息之美。这是诗人用怜惜的眼来看身边难得一遇的美艳的花,用怜爱的心来待身边的女人。

两情相悦的欣喜也在"舜华"这一美丽的词汇当中展露了危机——这爱,是否也转瞬即逝?

诗中对同车之女的珍惜溢于言表。因这珍视之心,历史上还把这首诗和一场轰动千古的不伦之恋联系在了一起,说这首诗中如木槿花样美丽的女子正是齐国的才女文姜。

文姜是春秋时齐僖公之女,也是个才貌双绝的美女。向来美女故事多,文姜也不例外。话说文姜刚刚成年,芳名远播,与郑国太子忽定了亲,郑国人为预祝他们婚姻幸福写了这首《有女同车》来赞美文姜。可是没想到郑忽却突然决定退婚,他的解释是"齐大非偶",说自己的门第卑微,不敢高攀像齐国这样的大国。一言可以兴邦,一言可以定国。有时候,一言也可以毁了一个人的一生。

后来北戎部落入侵齐国,齐国向郑国求援,太子忽率领郑国的军队,帮助齐国打败了北戎。文姜的父亲齐僖公又提起要将女儿嫁给他，可没想到郑忽还是推辞："以前没有帮齐国忙的时候，我都不敢娶齐侯的女儿。今天奉了父王之命来解救齐国之难，娶了妻子回去，这不是用郑国的军队换取自己的婚姻吗？郑国人会怎么说我！"坚决再次退婚而去。

才貌俱佳、品行出众的文姜竟被郑国两次退婚，自尊心受到了极大的损伤，长久心情抑郁、自怨自艾，面容日渐憔悴，终于恹恹成病。她同父异母的哥哥姜诸儿就常来安慰她。两人最初只是纯洁的兄妹之情，但不知是哪一天，他们走进了对方的生命里，再也走不出去了。偷情已不能满足，两人竟出双入对起来。

有时我想，文姜是不是故意放纵情欲呢？古代的退婚比今天的离婚对女人的伤害还重。这说明你是个失败的没有丝毫魅力的女人啊。

我即使要端庄完美不也成了世人的笑柄吗？还不如抓住今天的温暖！

孟子说：男女授受不亲。这是对的。男人和女人离得太近，必然会互相吸引，再有了身体的亲密，沉溺于情欲，更是什么事情也不放在心上了。春秋时男女关系十分随意，但兄妹相爱，还是为人所不齿的。他们的父亲齐僖公知道后，也是气到不行，认为只有将他们两人彻底分开才是真正解决问题的办法。那时邻国鲁桓公新立，很想攀附齐国这样的大国，到齐国来求婚，僖公就赶紧把文姜嫁给了他。

时光荏苒，转眼一十八年。文姜的父亲已与世长辞，她的

/ 诗经：万物皆有情 /

哥哥姜诸儿当上了齐国的国君，就是齐襄公。一个偶然的机会，文姜与鲁桓公一起回到齐国。

我想，鲁桓公不会傻到不知道他们兄妹的丑事吧？十八年了，他和文姜有了两个孩子，文姜也三十多岁了，她应该收心了吧？

文姜和诸儿四目相对的那一刻，心里都深深明白，自己不会再一次错过对方。

爱的火苗从来也没有熄灭，只是被时间的煤堆压着，有些微弱了，当吹来一阵大风时，这火便会肆虐地燃烧起来。

可是，纸终究包不住火。文姜与哥哥之间的私情被鲁桓公知道了，他出言要让世人皆知他们兄妹的奸情。齐襄公慌乱间派人刺杀了鲁桓公，对鲁国声称桓公是因酗酒伤肝，车行颠簸中突然气绝身亡的。鲁国人不傻，自己的国君在齐国就这么死了，必有阴谋。可是无凭无据又不敢贸然行事，再说齐国又是一个超级大国。鲁桓公死了，国不可一日无主，只好先由文姜的儿子继位，即鲁庄公。

一个再聪明的女人，陷入爱情也会变成傻瓜。鲁桓公死后，文姜并没有为自己的丈夫守灵，而是留在离齐国很近的鲁国边境，照样穿着光鲜，脸上笑容满面，因为她和诸儿能常常见面了。现在他们之间已没有任何障碍了，要把错过的一十八年都补回来。

这样的不伦之恋，上天从不成全，他们做了几年神仙眷侣，齐襄公就在叛乱中被杀。这场畸恋终于结束了，文姜回到了鲁国。

女人失去了爱就找回了理智和聪明。

诸儿死了，文姜也就收回了女人心。她非常有政治手腕，长袖善舞，辅佐儿子为鲁国的富强与繁荣做出了重要贡献，甚至帮助儿子在"长勺之战"中打败了春秋第一位霸主齐桓公。她死后，鲁国人还很怀念她。

文姜是个聪慧、刚强、有头脑的"大女人"，但是她的爱蒙蔽了她。

命运让她爱上了一个不该爱的人。她不过是真的爱诸儿而已。只是这爱，伴随了太多的丑闻、血腥与谋杀。

在经学史上，这首《有女同车》被认为是文姜的一个回忆。那时她还年纪小，是人们心目中木槿花样完美的女人。就像伟大的理想，常常以失败的悲剧收场；渴求完美示人的，往往以闹剧书写自己的人生。文姜读起这首诗，会觉得人生如梦吧？

文姜与《有女同车》的关系，因没有《左传》那样的史书证明，只能当作一个悬案。千年后的我们从这首诗看到的是，不知什么原因，一男一女同车而行，男子为女子之美所动，唱出了心中的爱慕。马车所奔赴的终点也许是婚姻，也许只是出游。反正生活还是未知，一切都像木槿花开那般美好！

《大雅·抑》
投我以桃,报之以李
——水果中的情谊

辟尔为德,俾臧俾嘉。淑慎尔止,不愆于仪。不僭不贼,鲜不为则。投我以桃,报之以李。彼童而角,实虹小子。

——《大雅·抑》

《大雅·抑》曰:投我以桃,报之以李。《大雅》里的文字,都是正经的严肃文学。在这样正统的作品中竟然把水果当作互相间情谊的衡量标准,可见,水果一直亲密地陪伴着先民们的生活。"投桃报李"的情谊,经历近三千年时光的打磨,流传到今天,如化石一样沉淀着历史上无数人心所凝聚的温暖,让相隔千年的人们,在诗辞韵律的集合中共鸣。

《诗经》里提到了十几种水果,桃子、李子、木瓜、梅子都在诗篇中散发了诱人的香味,代言着人与人之间的情谊。《王风·丘中有麻》中有:"丘中有李,彼留之子。彼留之子,贻我佩玖。""留"是"迟迟不来"的意思，高高的坡地上长着李子树，那个迟迟不来的美男就与我在李树下相会过，他还把随身戴的玉佩送给了我。那爱恋痴迷的女子，想到两个人在李子树下曾有过的缠绵悱恻，禁不住心旌摇荡，爱念丛生。情郎送她的玉佩，已在手中摩挲得生出了暖。那枝头悬挂着的一个个李子，就成了这情事中千年万年也不会老去的证人。

在《诗经》中，水果更多被用来表达爱意。投果，就是女子向男子示爱的一种求婚习俗：

摽有梅，其实七兮。求我庶士，迨其吉兮。
摽有梅，其实三兮。求我庶士，迨其今兮。
摽有梅，顷筐塈之。求我庶士，迨其谓之。

——《召南·摽有梅》

长期以来，人们对这首诗争论的焦点主要集中在一个"摽"字上。有人说"摽"是"落"的意思，那这首诗就是用梅子成熟落地，比喻诗中的女人感于青春易逝；另一说，"摽"是"抛"的意思。闻一多就认为此诗是歌唱男女投果求婚，那是国家法定的男女相亲的好日子。"其实七兮""其实三兮"和"顷筐塈之"，是说女孩投掷给男子的梅子一点点减少，"迨其吉兮"就是请男子趁这好日子快来求爱。这是多么直白的爱情信号！现代歌曲唱"妹妹你大胆地往前走啊"，其实不是什么新鲜事，两千多年前的女子早就火辣地唱出了"哥哥你大胆地往前走

啊"！没有玩什么花样，没有故弄玄虚，这女子朴实无华的爱情告白，如梅子一般让人爽口。

花开堪折直须折，莫待无花空折枝。

女孩总是希望男人主动来追求自己，有面子嘛。可那个傻瓜，他怎么就不说呢？真是急死人了！梅子掷出了，歌儿唱出了，亲爱的，你听见了吗？

相比之下，《卫风·木瓜》中的女孩就幸运得多，她投出的水果砸到了会怜香惜玉的情郎：

投我以木瓜，报之以琼琚。匪报也，永以为好也。
投我以木桃，报之以琼瑶。匪报也，永以为好也。
投我以木李，报之以琼玖。匪报也，永以为好也。

美人投出了木瓜，男人回报以美玉。诗中男女二人之间赠送的礼物价值并不对等，这是为什么呢？

当时在男女集会舞蹈的人群中，女子如果有了心仪的男子就向他投果，而如果那个男子解下身上的玉佩赠送给她，就表示要和这女子永结同心。物的贵贱并不重要，重要的是，双方都期盼着"永以为好"的爱。"匪报也"，也就不在乎回报的是否等价了。

我喜欢诗中的"投"字和"报"字，这是爱的果实和欣喜的花，是相遇时知心的笑。手里接到木瓜的人是无比幸福的！

这种投果求爱的习俗一直流传了下来，直到魏晋南北朝时还有投果求爱的佳话——

中国历史上名气最大的美男子潘安年轻的时候,有一次穿着猎装,携带着打猎的弹弓,驾车经过洛阳的街道。女人们见了潘安,争先恐后地往他车上扔水果,不一会儿,车就装满了。当时因写《三都赋》使洛阳纸贵、名满天下的左思,长得丑陋绝伦。他听说了这事,以为洛阳女人就是麻辣热情爱才子,也仿效潘安的样子出去游猎,结果被一群老太太围住了,朝他吐唾沫,弄得他狼狈不堪,落荒而逃。这是男版的东施效颦啊!

可见,手里投什么东西,是由人心决定的。心中生出了无限的爱,投出的就是香爱甜蜜的水果;心中有厌,就会吐唾沫。水果本无情,有情的,是人!

《秦风·蒹葭》
蒹葭苍苍,白露为霜
——最具象征意味的草

《倚天屠龙记》开篇,郭襄在少林寺所在的少室山下遇到了何足道。郭襄见他拿的琴古纹斑斓,显然年月已久,于是调了调琴弦,弹了一曲《考槃》,让何足道一见倾心!

两人第二次相遇时,何足道露了一手,他别出心裁地把郭襄弹过的《考槃》和《诗经》中的另一首名篇《蒹葭》混在一起弹。"郭襄只听了几节……两曲截然不同的调子,被何足道别出心裁地混合在一起,一应一答,说不出的奇妙动听。但听琴韵中奏着:'考槃在涧,硕人之宽。蒹葭苍苍,白露为霜,所谓伊人,在水一方……硕人之宽,硕人之宽……溯洄从之,道阻且长,溯游从之,宛在水中央……独寐寤言,永矢弗谖,永矢弗谖……'郭襄心中蓦地一动:'他琴中说的'伊人',难道是我吗?这琴韵何以如此缠绵,充满了思慕之情?'《考槃》和《蒹葭》两首曲子的原韵丝毫不失,相互参差应答,却大大地丰赡华美起来。她一生之中,从未听到过这样的乐曲。"

应该说何足道非常优秀,可惜落花有意流水无情,郭襄的心中早已被杨过占满。就像《考槃》和《蒹葭》一样,混在一起,相互参差应答,固然"大大地丰赡华美",却始终只是两道平行线,不能交会。

和《考槃》比起来,《蒹葭》的知名度极高,尤其是"所谓伊人,在水一方"这两句诗,更因为言情小说家琼瑶的《在水一方》小说和电视剧,广为人所熟知:

蒹葭苍苍,白露为霜。所谓伊人,在水一方。溯洄从之,道阻且长。溯游从之,宛在水中央。

蒹葭凄凄,白露未晞。所谓伊人,在水之湄。溯洄从之,道阻且跻。溯游从之,宛在水中坻。

蒹葭采采,白露未已。所谓伊人,在水之涘。溯洄从之,道阻且右。溯游从之,宛在水中沚。

——《秦风·蒹葭》

蒹葭,就是傍水而生的芦苇。在高山,在海岸,在肥美的水域,在贫瘠的黄土地上,处处可见它美丽的倩影。

在寂寞清秋的早晨,秋水如练、白露为霜,诗中主人公在芦苇丛生的岸边张望,他所思慕的"伊人"既若有若无,又宛然在目。诗中主人公不畏路途艰难险峻、迂回曲折,一会儿逆流而上,一会儿顺流而下,穷追不舍。而伊人却一会儿在水中

央,一会儿在水滩,一会儿在水边,可望而不可即、缥缈而又神秘。无论怎样求索,"伊人"终不可得。只有苍茫的秋水和挂满露珠的芦苇在风中摇曳,凄迷而又感伤。诗用写景来言情,极尽缠绵旷远,有一种可思不可言的深沉感慨。

伊人的美,就在于"宛在水中央"。诗中的秋水伊人神韵缥缈、风致嫣然,令人对之有无尽的憧憬,让男子甘愿克服重重险阻也要去追寻,也许这就是爱情的魔力吧?

那伊人,可能与诗人并无万水千山之隔。因为遥远,根本不需要万水千山。

但丁说:三步之远,如隔沧海。

伊人啊,你是我生命中的惊雷!

诗就在这男人的迷茫中戛然而止了,留下的,只是读者们心中无数的牵挂。诗中主人公的怅惘是鲜明的,但这种情感却不用夸张的情感爆发来宣泄,而是于寻寻觅觅之中含蓄而热烈地追求。

读这首诗时,许多人提问:"伊人"是谁呢?是男还是女?诗中写的是现实、是想象,还是梦境?而这一切,在诗中是没有答案的。《毛诗》郑笺说"伊人"指"懂得周礼的贤人";又有人说是汉水神女;朱熹反对这些说法,认为"不知其何所指";今人又都以为这个"伊人"指的是恋人。或者,这诗就是一个古老的寓言吧?

可以说,《蒹葭》之美,就是这些问号之美。有一千个读者,就可以有一千位"伊人"。

此诗所创造的优美意境，纯系诗人想象中的虚拟世界。诗人执着于自己的这一份求索，今人诵其诗，也被这执着感动着。他的怅然追索已经超越了世俗红尘，上升到追求理想的精神境界。诗中形象扑朔迷离，可望而不可即；所表达的情感深情绵绵、神韵缥缈，可感而不可捉摸，给读者留下了无限的想象空间。因此，把诗的主旨理解为对爱情的追求、对理想人物的思慕，都未尝不可。读《蒹葭》若字字落实考据，就如将蒙娜丽莎完美的面庞割裂去研究她到底是鼻子美、眼睛美还是额头美了。

我喜欢"蒹葭"这两个都是草字头的字，让久居城市的我看见它们就似乎嗅到一种清香。感谢造字的祖先给予如此妙不可言的形、音、意，让一把普普通通的芦苇，从远古美丽到如今。

《鄘风·桑中》
期我乎桑中,邀我乎上宫
—— 约会就去桑林吧

江浙一带,常能望见一株株翠绿的桑树,排列在如茵的田间。早春里,桑树爆芽后的嫩绿,让人既怜又爱。待枝繁叶茂时,那种绿又深沉惑目。"日出东隅,入于桑榆",桑作为衡量时间刻度的重要系数,已是先民生活中须臾不能离开的元素。桑梓,更成了故乡的代称。

桑树,在给人宁静和悠远的故国之恋时,最令人向往的是那桑林中的情事。最早唱出桑间缱绻的是《鄘风·桑中》:

爰采唐矣?沬之乡矣。云谁之思?美孟姜矣。期我乎桑中,要我乎上宫,送我乎淇之上矣。

爰采麦矣?沬之北矣。云谁之思?美孟弋矣。期我乎桑中,要我乎上宫,送我乎淇之上矣。

爰采葑矣?沬之东矣。云谁之思?美孟庸矣。期我乎桑中,要我乎上宫,送我乎淇之上矣。

美人孟姜已在桑林中等你多时,你的心还能不"怦怦"直跳?她本就靓丽,斑驳的阳光从密密的桑树叶缝隙落到脸上,被阳光照射的脸庞洁白如玉,隐没在树影中的嘴唇充满了诱惑。她还邀你到上宫约会游玩。天色不早了,她依依不舍送你去淇水岸边乘船。这一天,不知道你们究竟说了多少缠绵的情话,只知道你们没有浪费一分一秒。

这爱情,自由鲜活得令人生妒。现代的"自由恋爱",往往是"自由"的成分多,"恋爱"的成分少。太自由了,就不免放纵,而凡事一经放纵之后,就只剩疲惫、失望和厌倦。恋爱,更多的应该是念兹在兹,心里时刻牵挂着才好。就像这诗中的男子,辗转反侧想着的,就是那个孟姜。你若说,诗中还提到孟弋、孟庸两个人名,这男人是不是朝三暮四?其实,孟姜、孟弋、孟庸,都是想象之词,并不是实指,《诗经》中许多人名都是这样,他们共同的称号是"美女"。改变人名,不过是出于诗歌美感的需要。

在《诗经》所列全部木本和草本植物中,以出现篇数论,桑居第一位。桑出现在甲骨文当中,是早期农业的重要种植品种,桑树的叶子可以养蚕,木材可以制器,外皮可以造纸,果实可以食用和酿酒,被誉为"神木"。西周的种桑养蚕业几乎遍及整个黄河流域,《魏风·十亩之间》说:"十亩之外兮,桑者泄泄兮。"泄泄,就是众多的意思。你看,采桑的人真多

啊！《大雅·瞻卬》也说"妇无公事，休其蚕织"。可见，采桑养蚕是女性主要的生产活动。

《鄘风》所记，是卫国的事。桑中即朝歌城北的桑园，至今在淇滨区的上峪乡仍有桑园村。淇水岸边，春意阑珊。野外的桑林沐浴在金色的阳光里，年轻的采桑女玉手纤纤，身姿婀娜，引发了一个又一个浪漫缠绵的爱情故事。《桑中》《氓》《将仲子》《汾沮洳》《十亩之间》《七月》等十余篇诗在言情时都提到了桑树，比如，《魏风·汾沮洳》就写了一个女子在采桑时陷入了爱情："彼汾一方，言采其桑。彼其之子，美如英。"《卫风·氓》是一首写弃妇的诗，也提到了桑树。两个人的爱情从桑叶翠绿茂盛时开始，到"桑之落矣，其黄而陨"枯竭，用桑树从繁茂到凋落的变化来比喻爱情的盛衰。桑叶落了，爱情也随之落幕。可以说，在《诗经》的时代已经有了一个文学的"桑林"。

桑树的自然特征是枝叶折断后会长出更为茂盛的新枝，这种特征被先民们从生殖崇拜的角度欣赏着。"桑"象征男女情爱，还与我国上古先民的太阳神崇拜有关。太阳带来了人间的一切，古人自然对太阳极度崇拜。又有了扶桑（据说是两棵相互扶持的大桑树），就是传说中的太阳树。神话中的树木，不可能被栽培。崇祀太阳神的上古先民，便选定一种树作为太阳神树扶桑的替代物，所选的对象就是桑树。桑林是人们祈祷祭祀太阳神的所在，所以古人称之为"社林"。人们在祭祀时要跳桑林之舞，舞蹈中，男女双方可以自由地表白和挑逗对方。

这种舞蹈很色情,《左传》里就记录了在郑重的交际场合,宾客要回避观看这种桑林之舞。

桑林,还是一个充满性爱气息的暧昧场所。先民们认为野合可得天地之气而有益健康,既有利于谷物生长,又祝福了大地的繁衍生息和秋天的好收成,是一种吉祥。桑林,就是这样一个男欢女爱的好去处。连一心治水的大禹都在桑林停下了脚步,《楚辞·天问》中说:"焉得彼嵞山女,而通之于台桑?"这是说大禹走到涂山这个地方的时候,恰逢桑社狂欢节,他邂逅了一个漂亮的涂山氏姑娘,两人一见钟情,在桑林中野合,后来生下了儿子启,就是夏朝的第一个君主。

在《诗经》时代,桑林已成为男欢女爱的理想场所了。桑中情缘,爱多于怨、情欲多于心灵。"采桑女"亦成为历代文人心中"邂逅相遇"的对象,他们谱写出许多浪漫绮丽的"桑中"恋曲,宋玉在《登徒子好色赋》中就成功地勾勒出一个美丽的采桑女形象。春日里,采桑女子既有"东邻女"的活泼大胆,又身具"高唐神女"若即若离的神秘气质,她主动而诱人,多情又浪漫。文中藉由与采桑女的邂逅,引发出情欲与道德的论述。"邂逅采桑女"这一主题,一直留存在后代的文学作品中,六朝民歌《陌上桑》中的美女罗敷(男人们的理想情人),就是"采桑女"。

随着中国历史上礼教渐严,这种自由自在的男女情爱遭到了否定。于是,在文学的"桑林"中,开始产生了完全不同的故事。最有名的,要数"秋胡戏妻"。西汉刘向《列女传》记

载：鲁国人秋胡，娶妻五日，就离家游宦，身至高位，五年方回。快到家时，见一美妇人采桑于路旁，便下车调戏，遭到采桑女的断然拒绝。回家后，发现原来那采桑女竟是自己的妻子。其妻鄙夷丈夫的为人，竟投河而死。

可见，王国维说一代有一代之文学是多么恰切！桑林是先民心中的情爱圣地，却是理学家眼中的淫窝。《诗经》中那明快、炙热的桑林情缘，已成文学史上的绝响！

《郑风·溱洧》
伊其相谑,赠之以勺药
——中国人的玫瑰花

西方的情人节复活了中国人的浪漫细胞,过情人节、送玫瑰花,已经成为年轻恋人们表达情感的固定模式。其实,华夏先民在《诗经》时代就举办了自己的情人节——"上巳节",也选出了表达爱意的花朵——"勺药":

> 溱与洧,方涣涣兮。士与女,方秉蕑兮。女曰:"观乎?"士曰:"既且,且往观乎?"洧之外,洵訏且乐。维士与女,伊其相谑,赠之以勺药。
>
> 溱与洧,浏其清矣。士与女,殷其盈矣。女曰:"观乎?"士曰:"既且,且往观乎?"洧之外,洵訏且乐。维士与女,伊其将谑,赠之以勺药。
>
> ——《郑风·溱洧》

/ 诗经：万物皆有情 /

　　《周礼》中规定"男三十而娶，女二十而嫁"，对于违反的人，掌管万民婚事的媒氏们就要强制执行。《周礼·地官·媒氏》上就说"仲春之月，令会男女"。这个佳期，就是农历三月的上巳节。这一天，除了已婚和家有丧事的，未婚男女都要参加官方组织的"鹊桥会"。

　　这个日子好比当下某卫视的名牌节目《非诚勿扰》，只要换个题目：《芍药之会》，就是《诗经》时代的速配沙龙。这是农历的三月间，溱河和洧河迎来了桃花汛，春水涣涣。人们按捺不住内心的兴奋，奔向河边，爱情和喜悦之情一起在心灵里疯长。岸上芳草青青，枝头鸟鸣啾啾，阳光像金子一样铺洒下来，叫人春心荡漾。屋子里的人们坐不住，三五邀约着，去河边参加欢会。河边，已然热闹如市集了，男男女女，往来如织，人人手拿兰草和芍药。他（她）们开朗大方地说着笑着，将初春的空气搅动得欢腾起来。"溱与洧，方涣涣兮。士与女，方秉蕑兮"，简简单单十四个字，就为我们勾勒了一幅欢乐祥和的游春图，传递给我们无数欣喜、兴奋和欢乐的气息！这是法令允许的仲春之会："于是时也，奔者不禁。"也就是说，只要男女自己愿意在一起，一见钟情就私奔也合法！

　　《溱洧》就记录了这良辰美景中的一次艳遇：在如织的游人里，她看到了他，心一动。也不做任何遮饰，这个日子，谁都可以恣情任性。她直直地上前问："哎，去那边看看好吗？"他有点儿惊喜，慌乱间竟傻傻地回："已经去过了。"她一下就喜欢上了他那傻样子，仰着一张无邪的脸，调皮地说："那就再去看看呗。"言外之意是：这次你会有收获哦。他松了口气，幸好她有缠人的可爱，才没有错过如此俏皮的美女。他们一路嬉戏笑闹，回到水边。

或许大家要揣摩这士与女的关系。他们可能认识，女孩子可能心里老早就喜欢这帅哥，今儿个正好找个借口接近；也可能并不认识，只是一见钟情而已。这都没关系，我们要看的是那个时代情人节的欢娱。诗的开篇是一个全视角的拍摄：哗哗流淌的河水边，是无数手拿兰花欢笑的青年男女。紧接着，镜头一转，圈定在一对青年男女的身上，展现了他们交往的过程。接下去又是一个全视角的放大镜头，是无数的"士与女"互赠芍药，定情嬉笑。

芍药是我国古老的花卉之一，已经有三千多年的栽培历史了，自古以来与牡丹有"姊妹花"之称。牡丹和芍药，若论品相，还真难分伯仲，不过是一个木本，一个草本；一个花开早，一个花开迟。后人做主，让牡丹做了花王，芍药屈为花相。我想，芍药之所以没有成为花中魁首，是因它太美艳妩媚了吧？而牡丹的富贵、端丽更符合中国人的审美观。

因为芍药是在农历四月开花，而不是在三月上旬。历代的学者，多主张"赠之以勺药"的"勺药"不是今天的芍药，是另一种香草。这考证有点儿煞风景，有什么香草能比芍药更言情？古今气候变化很大，焉知那时郑国不是气候很暖，芍药开花比今天提前？

金庸小说里有个"何红药"，取的是姜夔《扬州慢》"念

桥边红药,年年知为谁生"?"红药"即是红色芍药,"何红药"可解作"何人赠我芍药?"或"芍药赠予何人?"反正是个孤苦的意思,表达的是一份无处寄托的感情。

今人想到古典文学和芍药,想到最多的就是《红楼梦》中的"憨湘云醉眠芍药裀"。湘云在宝琴、宝玉、岫烟、平儿四人的寿宴上,被罚多了酒,不能自已,书中写道:"湘云卧于山石僻处一个石凳子上,业经香梦沉酣,四面芍药花飞了一身,满头脸衣襟上皆是红香散乱,手中的扇子在地下,也半被落花埋了。"这样的娇憨之态,唯有湘云做出来,才是大俗大雅的事。

因为芍药花开时已是春末,又被称为"殿春",是春天最后一抹亮色,所以特别惹人怜惜。再加上它的色、香、韵之美,使历代文人墨客为之倾倒,留下了许多脍炙人口的佳作。如唐代韩愈写有:"浩态狂香昔未逢,红灯烁烁绿盘龙。觉来独对情惊恐,身在仙宫第九重。"可见韩先生曾沉醉于芍药的千娇百媚中,宛若置身仙境。

中国民间排有十二花神,芍药花神是苏东坡。当年蔡繁卿做扬州太守,年年春天举行万花会,把城内人家的苗圃都搜刮一空,搜集芍药上千枝供他一人享乐,手下官吏还趁火打劫抢人家银子,百姓敢怒而不敢言。等苏东坡到了,说这事实在扰民,从此不办万花会。东坡去世后,扬州百姓感念他体贴下民,纷纷说芍药托梦,苏学士死后升天做花神去了。那么,送芍药给靓女的帅哥们,不妨以多情的东坡自居哦。

让我们再回到《诗经》时代那个已经消失于时间丛林中的情人节——上巳节,听一听在芍药花瓣中间传出来的爱的声音:

维士与女,伊其将谑,赠之以勺药。

人类社会科技日新月异,只有爱情还古老如初,只是表情的植物变了。其实,玫瑰有刺,容易扎到你的爱人。为什么不送芍药呢?那娇丽又芬芳的花更能表白你的心。

第三章
天人合———《诗经》中的动物

《诗经》时代是以农业为主,兼有牧业和渔业的。《诗经》所提到的一百多种动物,都不是在动物园里被观赏的动物,而是参与人生、反映人生的。它们站在人生边上,哞哞、咩咩、呜呜、唧唧、吱吱,为人类的生活伴唱。而那时的人,是自然之中的一分子,也常常在欢喜、痛苦、无助、快乐的一个个瞬间,或回头看看它们,或拍拍它们的脖子,或爱抚它们的皮毛。自然,在心动为诗的那一刻,也少不了这些可爱生灵的陪伴。正是因为人与动物的亲密关系,才会给它们每一个都起上名字,而这些名字也就通过那一个个诗人之口,传唱到了今天。

《邶风·燕燕》
燕燕于飞,差池其羽
——燕子最传情

燕子是与人类最亲近的一种鸟。

"年年此时燕归来",我家楼道里就有一个燕子巢,每年春天临近,我都特意把楼道的窗户打开,等着燕子一家回来。它们住进来后,那忙碌、欢快的身影给我的书斋生活带来许多欣喜。

燕子属候鸟,随季节变化而迁徙,喜欢成双成对,因此为古人所青睐,经常出现在古诗词中,或惜春伤秋,或渲染离愁,或寄托相思,或感伤时事,意象极盛。早在《诗经》时代,我们的祖先就了解了燕子的这些特性:

燕燕于飞,差池其羽。之子于归,远送于野。瞻望弗及,泣涕如雨。

燕燕于飞,颉之颃之。之子于归,远于将之。瞻望弗及,伫立以泣。

燕燕于飞，下上其音。之子于归，远送于南。瞻望弗及，实劳我心。

仲氏任只，其心塞渊。终温且惠，淑慎其身。先君之思，以勖寡人。

——《邶风·燕燕》

古人喜用重言，两个字叠用，更多一重喜爱。"燕燕"，是燕子双飞的意思，诗以"燕燕"起兴，洋溢出一股亲昵的意味。"差池其羽"中的"差池"是参差的意思。看那燕子上下双飞、参差舒展翅膀，一忽"颉之颃之"，一忽"下上其音"，一会儿贴地飞，一会儿高飞到空中；一会儿又"叽叽喳喳"地唱和，一派好春光啊！诗先写所见的燕子飞翔的翅膀，再写所听的声音，暗示了友人越走越远，只听得见马车声了。《诗经》有如书法，章法严谨，由此可见。

可是，就在这春光中，我却要送你远行。真不舍！不知不觉"远送于野""远送于南"，送你送到了城南的郊野。直到你的身影远去，"瞻望弗及"，任我跷脚也望不着的时候，我的眼泪早已如断线的珍珠，"泣涕如雨"了。再也看不到你，只有我一个人留在春天艳丽的郊野里。这春光，这双飞的燕子，对"伫立以泣"的我来说，真是一种讽刺！

在顾影自怜中，诗人心中的伤感自然而然地产生了，"实劳我心"！然而，紧接着末章一转，想起昔日两相伴的日子——

"仲氏任只，其心塞渊。终温且惠，淑慎其身。"远去的她，为人是那么可靠，心地是那么厚道，她温柔、谨慎，处事是那么周到。这样的情分一回想起，诗人更是泪水滂沱。

《燕燕》是中国诗史上最早的送别诗，王士禛还将它推举为"万古送别之祖"。但送行的人和被送的人到底是谁，历史上却众说纷纭。

产生争议的诗句就是"之子于归"。《诗经》中数次提到了这句诗，都是"有个女孩要出嫁了"的意思。可"归"还有个不常用的词义，就是女子被休回娘家，叫"大归"。如果"归"是出嫁的意思，那这首诗就好理解了，是一个年轻的贵族男子为他远嫁他乡的心上人写的。他的最爱，却要成为别人的新娘。他一送再送，痛苦不已：燕子并排齐飞，曾经，我们说好要做一对比翼鸟，可誓言脆弱得不堪一击，如今你要远嫁他国。都说男儿有泪不轻弹，可失去你的痛却让我泪落如雨。只因为爱你太深！如此解此诗确实情谊深长，但此解也有缺憾：如是情人送别为什么会有"先君之思，以勖寡人"这样的句子出现呢？送行的男子是个国君？他的情人用家国大义来安慰他？"寡人"这个词在先秦并不是国君的专利，当时的人都可自称为寡人。那这个送行的人是谁呢？《诗经》学史上还有一个说法，说这是国君送自己的二妹出嫁。妹妹出嫁哥哥泣不成声合乎常理吗？我更愿意相信《毛诗序》的说法，说这是庄姜为送归妾戴妫所写的诗。

庄姜是春秋时的齐国公主、卫庄公的夫人。真不愿讲庄姜的故事。提起她的名字,两千六百多年后的我就会心痛。

庄姜的心碎,不只是《硕人》诗所讲的独守空房,还有无数往心里倒流的泪。庄姜嫁给卫庄公前,庄公早有心上人。庄姜不仅有高贵的身份地位、万人羡慕的美貌,还有贤德的品性与过人的才华,像这样的女人自然不会去一哭二闹三上吊,所以就自己寂寞着。卫庄公可不会寂寞,他又娶了陈国的厉妫,生下一个儿子,起名孝伯,可惜孝伯早夭了。和厉妫一同陪嫁过来的妹妹戴妫,生了个儿子叫"完"。

林语堂说:想一日不得安宁,那么请客;想一生不得安宁,那么就娶小老婆。通常一个家里,大老婆与小老婆的关系都会颇为紧张。可庄姜是聪明人,聪明人在生活中常常懂得退而求其次。婚姻已糟糕到了极点,那就抛开,不要纠缠于此,在可能的范围内赢得吧。所以,庄姜把戴妫的儿子养如己子,与戴妫成了政治和情感上的同盟。

按照正统的观点,庄姜无论养谁,他长大后一定是庄公的继承人,其他嬖妾再怎么算计、再怎么争也没用。庄公死后,完即位,人称卫桓公。可他当国君没多久,庄公生前最爱的嬖妾所生的儿子州吁想夺取权位,就杀了桓公。戴妫于是在卫国再无立锥之地,被赶回娘家陈国,永远不能再回来,"大归"了。庄姜养其子,同伤桓公之死,故泣涕以送之。

自此一送,庄姜和戴妫两人如隔生死,不可能再见了。《燕燕》这诗,倒合乎庄姜的心态。一生优雅、高贵的美女只痛哭这一次,怎能不"泣涕如雨"?全诗文字十分简朴,却把庄姜

对刚刚经历过的那场人伦大变（州吁杀兄夺权）的气愤，以及对戴妫丧子大归处境的深切悲怀写得感天动地。

戴妫脱去宫廷华服，换上普通女性的服饰，踏上归乡之路。对她而言，人生就如同一场梦。遥想当年，自己和姐姐一同嫁来，还是美丽、天真的少女。含辛茹苦，谨小慎微地把儿子养大，哪里想到，如今人到中年，却白发人送黑发人。而此时的庄姜，同样处境尴尬，什么也不能为她做，只能一送再送，最后陪伴戴妫一程。"黯然销魂者，唯别而已矣。"戴妫的人生结局已经写定，自己的人生结局也望见了。"实劳我心"！只有燕子最了解此情，上下翻飞陪伴着她。

陪伴庄姜流泪的那对充满灵性的燕子，精魂长存于诗史，每当家国乱离、惜别之情起，它们就会复活。最著名的当属刘禹锡的《乌衣巷》："朱雀桥边野草花，乌衣巷口夕阳斜。旧时王谢堂前燕，飞入寻常百姓家。"南宋词人辛弃疾在《贺新郎·别茂嘉十二弟》一词中更直接引用了"燕燕"做典故："算未抵、人间离别……看燕燕，送归妾。"还有文天祥的"山河风景元无异，城郭人民半已非。满地芦花和我老，旧家燕子傍谁飞？"（《金陵驿（其一）》）燕子，成了文人心头的鸟，总是能抚慰他们的心灵：虽然"无可奈何花落去"，却有"似曾相识燕归来"。

燕子有惊人的记忆力，无论迁飞多远，哪怕隔着千山万水，它们都能返回故乡。在古代通信不发达的时代，人们常常寄情于燕子能传递亲人的信息。燕子返回家乡后，头一件"大事"

便是雌鸟和雄鸟共同建造自己的家园,也就常被用来象征琴瑟和谐的爱情。自古以来,人们就乐于让燕子在自己的房屋中筑巢,生儿育女,并引以为吉祥、有福的事。

在现代很多女孩的名字中,都有一个"燕"字。这个名字有着说不出的简洁和轻盈、莺软和娇爱。在男人的眼里,这名字本身就是一种风流:它可爱、可亲而不可亵,即便捕获了它的心,也担心它随时可能飞走。

第三章 天人合一——《诗经》中的动物

《鄘风·相鼠》
相鼠有皮,人而无仪
——老鼠皮上的哲学

《诗经》里用了很多比喻,这些比喻都是先民从自己人生的近处采撷的,婚礼的吉祥过程相伴的是浓丽绽放的桃花、李花;祝人多子多福,就愿他像蝗虫一样有超强的生育力;而人人喊打的老鼠,则成了最丑陋的象征,不讲礼仪的人和贪官污吏都被比作老鼠。《诗经》中有五首诗提到了老鼠,都是把老鼠作为痛斥驱打的对象。

老鼠偷粮食还毁坏房屋、传播疾病,无疑是一种极为令人厌恶的动物。然而在世上,还存在着一群比老鼠更为可憎的生灵:

硕鼠硕鼠,无食我黍!三岁贯女,莫我肯顾。逝将去女,适彼乐土。乐土乐土,爰得我所。

硕鼠硕鼠,无食我麦!三岁贯女,莫我肯德。逝将去女,适彼乐国。乐国乐国,爰得我直。

硕鼠硕鼠，无食我苗！三岁贯女，莫我肯劳。逝将去女，适彼乐郊。乐郊乐郊，谁之永号？

——《魏风·硕鼠》

"硕"是大、肥的意思，开篇直呼剥削者为贪婪可憎的肥老鼠，马上就让人恶心不已。建议刚吃过饭、饱饱的朋友别读此诗，去读《郑风》吧。《郑风》情诗多，饱暖思淫欲，读《郑风》正好，读了《硕鼠》会吐出来的。这比喻不但形象地刻画了剥削者的丑恶面目，而且让人联想到"老鼠"之所以硕大的原因，正是贪婪、剥削的程度太重了。农夫长年劳动，用自己的血汗养活了统治者，而统治者却没有丝毫的同情和怜悯，"莫我肯顾"，一点儿也不肯顾念我们。

我好像看到了一群站在地头的农夫，疲惫地弓着腰，激扬着枯瘦的手指，怒骂不已。可贵的是，这些农夫并未被愤恨淹没，他们还畅想着美好的理想国——"乐土""乐国"。在这块幸福的国土上，"谁之永号"，谁还会再过啼饥号寒的生活呢？人人平等，人人幸福，再也不用哀伤叹息地过日子了。

《诗经》里还有一首骂人不如老鼠的诗：

相鼠有皮，人而无仪。人而无仪，不死何为？
相鼠有齿，人而无止。人而无止，不死何俟？
相鼠有体，人而无礼。人而无礼，胡不遄死？

——《鄘风·相鼠》

/诗经：万物皆有情/

每次读到这首诗，都有些胆寒，这诗的作者骂功实在太厉害了！他且骂且咒，怨嫉愤怒，泼辣痛快。我想，大家都是讲社会公德、讲礼仪的人，但看了这首诗还是害怕，生怕自己哪天思想一松懈做了什么不文明的事，那就连老鼠都不如了。

用老鼠来说明讲礼仪的重要，把最丑的动物同要庄严对待的礼仪相提并论，强烈的反差造成了令人震惊的艺术效果，而且还有一层特殊的幽默色彩，仿佛是告诉人们：你们看，你们看，连鼠辈这么丑陋的东西看上去都像模像样，有胳膊有腿，有鼻子有眼睛，皮毛俱全啊！瞧它！咱可是人！还不如老鼠吗？

于是，老鼠就成了一面镜子，让不讲道德、不守礼仪的人从老鼠身上照见自己——

看那老鼠都有皮，做人怎不讲礼仪。要是做人没礼仪，为何不死还活着？

看那老鼠有牙齿，做人怎不讲行止。要是做人没行止，你还不死等着啥？

看那老鼠有肢体，做人怎能不讲礼。要是做人不讲礼，怎不快快就去死？

古代的房子都是土木的，老鼠打洞的本领很高，什么高档的房子都会有老鼠。老鼠是古人虽厌恶却无法请走的"朋友"，有些才华特出者还因为这位"朋友"悟出了人生哲理。《史记·李斯列传》记录了李斯少年时,家境贫寒,但聪慧过人,好学不倦;成人后,因办事干练,被人举荐为看管粮仓的小吏。有一次,他看到厕所中的老鼠,吃的是肮脏的粪便,又小又瘦,见人惊慌的仓皇样子,十分可怜。他随后来到官府的粮仓,看到这里的老鼠吃的是堆积如山的谷粟,住着宽大的房舍,又肥又大,看见人来,不但不逃,反而瞪瞪眼,很神气。李斯觉得很奇怪,仔细一想,结果他悟出一个现实的道理来:一个人是否有出息就在于能不能给自己找到一个优越的环境,譬如老鼠,在厕所里吃屎的,惊恐不安;而在官府粮仓里吃米的,却安逸自在。

这就是李斯著名的"老鼠哲学"。从此,他一心向官仓鼠学习,果然辅助秦始皇灭了六国,官至宰相,爵封列侯。但他只学习了鼠辈的钻营,不修身养性,最终所有繁华如黄粱一梦,落得凄凉而死的下场。

李斯的聪明剑走偏门,当年他师从儒家大师荀子,还未学成,就不耐烦了,离开老师自己去闯世界了。他一定没有好好学《诗经》,否则《诗经》里两篇厉声骂老鼠甚至骂不讲礼仪的人还不如老鼠,他怎么还会从老鼠身上悟人生哲理?

"老鼠哲学"一悟,李斯的人生悲剧就注定了。官仓鼠再风光也是老鼠,人人喊打啊!

中国文化史上,还有几只特别的老鼠:唐代曹邺的《官仓鼠》以鼠喻贪污官吏,颇有《硕鼠》遗意;《西游记》第八十一回至八十三回,写无底洞中的老鼠精逼唐僧成亲,可见

老鼠在人们的心目中还是妖魔的化身；明朝的宣宗皇帝是位明君，他常常画瓜鼠图送给太监、大臣，暗谕他们不要像"硕鼠"那样鱼肉百姓，他是个难得的学《诗经》学得好的皇帝；清代蒲松龄的《聊斋志异》中有《阿纤》一篇，写人鼠恋爱，生动传神，但以鼠为妻，终不如狐魅花妖更具浪漫色彩。

直到当代，有了迪士尼创造的聪明调皮的米老鼠，老鼠家族才彻底扬眉吐气了；而生肖邮票的发行，老鼠也是其中人见人爱的小精灵。据说，1984年发行的第一张鼠年邮票，卖了四千多万枚！

《曹风·蜉蝣》
蜉蝣之羽,衣裳楚楚
——生命的绚烂与悲凉

中国哲人很早就开始了对于时间的沉思,孔夫子站在水边慨叹"逝者如斯夫,不舍昼夜";庄子以"白驹过隙"喻指人生的短暂。《诗经》则更早就唱出了人类面对时间的悲凉之叹:

蜉蝣之羽,衣裳楚楚。心之忧矣,于我归处?
蜉蝣之翼,采采衣服。心之忧矣,于我归息?
蜉蝣掘阅,麻衣如雪。心之忧矣,于我归说?
——《曹风·蜉蝣》

蜉蝣是最原始的有翅昆虫,很早就已在我们这个星球活跃着了。蜉蝣的生活史非常有趣,它的生命仅有几小时。然而在这几小时内,要经过两次蜕壳,练习飞行,交尾,产卵,非常忙碌。蜉蝣的雌成虫受精后把卵产在水里,但卵并不结成蛹,

而是发育成同成虫颇有点儿像的稚虫,在水中挨过一年至三年之久的光阴。达到成熟阶段后,稚虫爬到水面的草上,蜕两次壳变成蜉蝣,才能展翅飞舞,称为"婚飞"。雄成虫婚飞时,雌成虫就像舞会上的淑女一样,在旁边观察着、等待着。它们一旦瞅准对象,就飞上空中去与雄成虫飞舞交配。之后就疲倦地停下来,死亡。在这花费了两三年准备的几小时生命中,蜉蝣忙忙碌碌,完全不饮不食,上颚已经退化消失了。

明朝李时珍的《本草纲目》中有神来的一笔:"蜉,水虫也……朝生暮死……"四个字就抓住了蜉蝣的生态特征;西方人也很早就发现了蜉蝣夭寿,它的昆虫学学名叫作Ephemeroptera,是古希腊哲人亚里士多德给起的,意为"短促",是个精当的名字!因这名字,我更敬佩亚里士多德的智慧了。

蜉蝣的成虫很美,它身体柔软、纤细,却长着一对大大的、完全透明的翅膀,身姿轻盈,宛如纤腰的古代舞姬;它的尾部有两三条细长的尾丝,就像古代美女长裙下拖曳的飘带。它停歇时翅膀恰似舞姬的裙裾层累,平添百般风致;飞起时翅膀在阳光下折射成七彩,俏丽动人。

蜉蝣的生命这样美丽,却又这样短暂,诗人难免要见之怦然心动:"蜉蝣之羽,衣裳楚楚""蜉蝣之翼,采采衣服",蜉蝣的羽翼就像女子的衣裙,若轻云舒卷,如弱柳拂风,华美到无极。然而,目击着美,诗人却兴起一种惆怅的情感,由此联想到了人生,连续三章,诗中反复咏唱"心之忧矣,于我归处"，"心之忧矣，于我归息"，"心之忧矣，于我归说"。我的心如此忧虑——人生的精彩正如蜉蝣飞舞时的美丽一样，但转瞬即逝，绚烂过后呢？百年后，我，又在哪里？诗人已经认识到人生的归宿与蜉蝣的归宿在本质上是同一的，都有不可逃避死亡的规律！

以庄子深远的时间观来看，蜉蝣的朝生暮死与人生百年并无实质上的不同。所以，人类不必用自己的眼悲悯地看蜉蝣。这小虫的一生如此铺张地华丽，就如昙花一现，短虽短，却是超美的。有一篇安徒生童话，说的是大树和蜉蝣的一番对话。大树说自己可以活千百岁，你蜉蝣活一辈子简直就是一瞬间了。蜉蝣却说，自己的一天就等于快快活活的千万个一瞬间，只要活得快意，有什么高低之分？安徒生和庄子一样都悟出了这个世界是相对的。

以蜉蝣的生命来观照人世，便会发现世间另有一种生命价值：人最怕老去，蜉蝣却不怕，它连老的概念都没有，还会怕死吗？生命就在最灿烂时戛然而止，倒也圆满。好比薄命如花的杜丽娘，拼死一爱，别人看着怜惜，在她，却是得其所哉。

《蜉蝣》一诗于格调忧郁悲凉之中又饱含了对绚烂美丽生命的礼赞，我想应是用磬或是埙配以琴瑟来演奏的吧？在亮丽的琴音和苍茫悲凉的埙、磬此起彼伏间，演绎对生命的体悟吧？唱《蜉蝣》之诗时，歌者眼里会不会有泪呢？

从《古诗十九首》的作者沉郁地吟诵"人生天地间，忽如远行客"，到曹操发"人生几何"的慨叹，再到苏东坡《前赤

壁赋》的"寄蜉蝣于天地,渺沧海之一粟。哀吾生之须臾,羡长江之无穷",这些苍凉的感伤,能攫住所有人的心。《红楼梦》中,黛玉葬花"尔今死去侬收葬,未卜侬身何日丧?侬今葬花人笑痴,他年葬侬知是谁"的妙词,亦与蜉蝣之思异曲同工。一代一代的先贤都对时间的流逝感慨不已。

用庄子的眼来看蜉蝣吧:对于人来说,蜉蝣的一生不过相当于上班时的堵车、下班后的电视剧;而对于大自然来说,人的一生也许只是一只蜉蝣,是造物主的一声哈欠而已。蜉蝣不知道悲伤,也来不及悲伤,在短短几个小时的生命中热烈而丰富地活着;人呢?在造物主的一声哈欠中,痛苦、伤心,短暂的胜利、小小的利益,是否该放下,问问自己,到底想要的是什么呢?

身为女人,我愿化作蜉蝣,抛却日常的种种琐碎与疲惫,美丽翩跹过一生!

《王风·君子于役》
日之夕矣,羊牛下来
——日常生活的素描

读《诗经》的人都会发现一个奇特的现象,就是诗中常常出现一些用生僻字表示的动物,比如同是马,就有黑毛白蹄、黑毛白鼻、黄毛白蹄数十种分类,而每一类,都有自己的专称。麻烦不已!不仅那字不认识,而且看了注释也想象不出那是匹什么样的马。不只是马,一岁的猪、三岁的猪、家猪、野猪也名称不同。读诗的时候看见这样的字很是心累!那是因为动物在古人的生活中十分重要,所以才给长相略有不同的每一个小生灵都起了个名字。《诗经》中提到了一百多种动物,都被赋予了各种各样的人世色彩,虎豹的威猛、老鼠的丑陋、鹤的孤洁……而代表日常温馨生活的,则是牛、羊:

君子于役,不知其期。曷至哉?鸡栖于埘,日之夕矣,羊牛下来。君子于役,如之何勿思!

君子于役,不日不月。曷其有佸?鸡栖于桀,日之夕矣,羊牛下括。君子于役,苟无饥渴?

——《王风·君子于役》

诗中所描绘的日常生活并不是古人一天活动的流水账,而是浸润了深厚优美的情感——相思。诗中首先陈述"君子于役",丈夫去服兵役、徭役了,守候在家的女子自然盼夫归来,却"不知其期"。你看,太阳落山了,鸡到了这个时候都会归埘,牛羊到了这个时候都会下山,你怎么还不回来呢?

悲莫悲兮生别离!

你何时能回来?我何时才能与你相聚?看来只能听凭天意了,可天意怎令我们凡人捉摸?

正是这样一种没有归期的等待,最是碎人心魂。古人没有手表,也不能上网查亲人的列车时刻表、飞机航班表,他们只能以一天的太阳为度量:太阳升起时充满着希望,以为丈夫今天说不定就能到家;可等到太阳落山,等来的却只是失落,这一天的盼望又落空了。这个时候的丈夫说不定还远在千山万水之外。他冷不冷?他渴不渴?他饿不饿?他晚上又露宿在哪里?路上有没有危险?无数个牵挂在这个时候陡然升起。

这里没有浪漫的画面,没有动听的誓言,甚至没有任何爱的表白,但这一切景致,都被强烈的爱意紧紧包裹了——"君子于役,如之何勿思",这女人,眼望着牛羊,心里却开出了极大极大的雪莲花。思念之深,不能自已。

落日衔山，暮色苍茫，鸡栖敛翼，牛羊归舍。暮色越来越浓，思绪越来越长，每天这一段黄昏时光，诗中的女子都感到实在太难挨了。这诗中没有一个"怨"字，诗中的怨被"鸡栖于埘，日之夕矣，羊牛下来"这种温馨的晚景巧妙地掩盖了，代之而来的则是那种设身处地的牵挂和担心。但又句句写的都是"怨"，它从一个侧面写出了繁重的兵役和徭役给千百个家庭带来的痛苦。

《诗经》写相思常常直言不讳，《君子于役》却不是，甚至通常的"兴"和"比"也都没有，它只用"赋"笔，以不着色泽的极简极净的文字，就勾画出一幅经典的相思图。这图画中有空间的阔远和苍茫，也有家的亲切。在黄昏的背景中，牛羊踱步本是最平常的生活细节，却被作者凝练成了恒常之中对无常的叩问。于是，温暖之中泛起无限伤心，"如之何勿思！"不必说相思，相思已在景中。真是语浅情深！

经典是常在常新的。这篇绝佳之作也常被那些聪明搞怪之人拿来开玩笑，《射雕英雄传》第三十九回《是非善恶》中就有以此为幽默的一段对白：

> 那书生（朱子柳）经过黄蓉身边，见她晕生双颊、喜透眉间，笑吟道："隰有苌楚，猗傩其枝！"黄蓉听他取笑自己，也吟道："鸡栖于埘，日之夕矣。"那书生哈哈大笑，一揖而别。郭靖听得莫名其妙，问道："蓉儿，这又是什么梵语吗？"黄蓉笑道："不，这是《诗经》上的话。"郭靖听说他们是对

/ 诗经：万物皆有情 /

答诗文，也就不再追问。黄蓉笑吟吟地瞧着他，心想："这位状元公倒也聪明，猜到了我的心事。他引的那两句诗经，下面有'乐子之无知''乐子之无家''乐子之无室'三句，本是少女爱慕一个未婚男子的情歌，用在靖哥哥身上，倒也十分合适，说他这冒冒失失的傻小子，还没成家娶妻，我很是欢喜。"想到此处，突然轻轻叫声："啊哟！"郭靖忙问："怎么？"黄蓉微笑道："我引这两句诗经，下面接着是'羊牛下来''羊牛下括'，说是时候不早，羊与牛下山坡回羊圈、牛栏去啦，本是骂状元公为牲畜，但这可将一灯大师也一并骂进去啦！"

金庸可谓化用古代经典的"武功高手"，真是"雅皮"得可爱！

这首古老的诗以它不加修饰的素朴语言撼动了无数后人心中的柔软，它的天然之妙，后世很难再现了。正因了这文字的好，当夕阳西下时，很多人都会脱口吟出："日之夕矣，羊牛下来。"所以才有了后世不同角度的"心得"。这就是《诗经》的力量！真真字字精魂，舞于纸上，难怪仓颉造字而鬼神泣了。

从古代到今天，人都有靠近动物的渴望，今天许多城市人养宠物就是个证明。天地之间，人类确实需要关注自身之外的生灵，这样才能更好地正视自己、爱护自然。《诗经》中那些已经消失了的动物名称告诉我们，在人类不断膨胀的地球村，其他物种正在日益减少。读《诗经》，多识鸟兽草木之名，了解那个时代人与动物的深厚情感，能引导今天的我们更好地与自然沟通。

《召南·何彼秾矣》其钓维何？维丝伊缗
——鱼水之欢写性爱

二十世纪五十年代，出土于陕西西安半坡村的七千多年前的人面鱼纹彩陶盆，大约是已知的人鱼关系的最早记录。盆内人面嘴旁分置两个变形鱼纹，鱼头与人嘴外廓重合，加上两耳旁相对的两条小鱼，构成奇特的人鱼合体，表现了丰富的想象力。沧海桑田，世事变迁，但七千多年来人们对"鱼"的偏爱之情始终不变，它既是文学作品中的"常客"，又是民俗中吉庆的象征。"姜太公钓鱼，愿者上钩"已是俗话中喻义深广的不朽意象。

《诗经》中出现鱼字和鱼名的地方有五十余处，直接提到的鱼名就有二十多种，如鲂、鳟、鲔、鳢、鲤、鲨……其中有些鱼名现在还在被使用着。《诗经》时代的捕鱼方法，专家们也考证出来了，有竿钓、网捕、笼捕、设池围捕等。在一些写送亲、迎娶的诗中，一再提到了鱼，或者如何钓鱼，为喜事增

添了许多热闹。例如《召南·何彼秾矣》：

何彼秾矣？唐棣之华！曷不肃雍？王姬之车。
何彼秾矣？华如桃李！平王之孙，齐侯之子。
其钓维何？维丝伊缗。齐侯之子，平王之孙。

诗以秾丽、灿烂的棠棣花起兴，铺陈出嫁车辆的气派与堂皇。"曷不肃雍？王姬之车"，俨然是路人旁观、交相赞叹称美的生动写照。车中的新娘也是光彩照人的。就在赞叹王姬的美貌和出嫁排场的同时，突然提到了怎么钓鱼，这似乎让人有些费解。鱼和结婚有什么关系呢？

鱼是生殖力很强的一种生物，《诗经》中凡是涉及鱼的作品大部分与婚恋有关，以鱼隐喻男女性爱，以网鱼比得妻，以网破喻失妻，以钓鱼言求欢，以丝质的钓鱼绳祝双方婚姻的牢固，词汇中不是有"鱼水之欢"来指称男女关系吗？这样一解，诗意就通了：

怎么如此艳丽？如同棠棣树的花朵。怎么如此威严又堂皇？是王姬坐的车。
怎么如此秾丽？美如桃、李盛开。那是平王的外孙，那是齐侯的娇女。
钓鱼用什么？用丝绳拧成的线。那是齐侯的娇女，那是平王的外孙。

鱼的性爱象征隐没在文字晦涩的历史文献中。1945年，闻一多先生发表《说鱼》一文，揭示了鱼在民俗歌谣和古籍中是"配偶"或"情侣"的隐语，受到了学术界的广泛认可。比如，《卫风·硕人》一诗写庄姜出嫁，就充满欢情地写到了"鳣鲔发发"——黄河之水浩浩荡荡，渔网入水大鱼跳跃，鱼尾击水泼泼入耳。这是希望夫妻欢愉的结婚祝愿。《齐风·敝笱》有"敝笱在梁，其鱼鲂鳏。齐子归止，其从如云"。"敝笱"是破鱼篓的意思。这首诗历来费解，不知道此处破鱼篓和齐国女子有什么关系。闻一多先生说"敝笱"象征风骚的女性，唯唯然自由出入的，象征她所接触的男子。

闻先生的《诗经》解说，倒让我反思——其实许多大学问家并未像我们想象的那样是枯燥无味的人。他们都是千帆过尽、品透人生之后，还能用真诚、感动来面对经典的智者。这些先贤的注疏，我们该珍重去看、郑重去品。

《孟子》一书中说："食、色，性也。"今天，当我们以审美的眼光重新审视《诗经》中无数个欢腾跳跃的鱼意象，是否对这句经典语录又有了新的理解？食和色，人的这两大本性都巧妙地结合在鱼身上了，所以《诗经》的作者们才如此爱鱼吧？

古代如称一个人为"鱼"，那就喻示着对方是自己理想的结婚对象了。今天，这古老的隐语已从我们的生活中消失了，喜欢一个人我们都是直直地说："我爱你！"

读了《诗经》，知道了鱼的象征意义，不知道你会不会

有这样的想法,对你爱的那个人开玩笑说:"嗨,你是我的大鲤鱼!"

第四章

永以为好——《诗经》中的婚事

相爱的人因爱结合，因结合而幸福。

可是，月有阴晴圆缺。有相看两不厌，就有横眉冷对；有幸福的与子偕老，就有不幸的生离死别。《诗经》中所写的婚事，与现代人的婚姻一样，充满着情与理、爱与怨的纠结。祖先们的欢笑与泪水、情爱与痛苦都在这些诗中展现着。今天的我们读起来，仍然有许多感动、感叹、感念。

《豳风·伐柯》
取妻如何？匪媒不得
——媒人这把斧子

"天上无云不下雨，地上无媒不成亲。"媒婆是最古老的职业之一。在古代，男女双方经媒人从中说合，才能"结连理""偕秦晋""通二姓之好"。这种说合，就叫"说媒"。《诗经》中涉及婚恋的诗篇有近九十首，反映了先秦时期的许多婚恋礼俗。"媒人"，这个联结爱情和婚姻的纽带，在当时早已出现。《卫风·氓》中的女子就是因为"子无良媒"而推迟婚期。关于媒人，另外还有"作伐""伐柯"来指代，它语出自《豳风·伐柯》：

伐柯如何？匪斧不克。取妻如何？匪媒不得。
伐柯伐柯，其则不远。我觏之子，笾豆有践。

诗句用自问自答的形式，说明了成婚无媒不可：

要问怎样做斧柄？没有斧头砍不成。要问怎样娶妻子？没有媒人娶不成。

砍斧柄啊砍斧柄，有了原则不难办。遇见我的心上人，摆上礼器娶来了。

斧头的历史十分悠久，在我国各地新石器时代的遗址中，都出土了许多磨制精良的斧头。诗以砍削木头做斧柄必须用斧子取兴，形象地说明娶妻一定要通过媒人。这"兴"不离手边农具与身边草木，格调自然质朴，但却洗净了蛮荒时代遗留下的粗鄙，字里行间充满了深厚浓郁的伦理情怀。后世因此将媒人称作"伐柯人"，将提亲称作"伐柯"，将做媒称作"执柯"。

孟子曾经说过，无父母之命、媒妁之言而自相结合，自己扒门缝互相窥视、爬过墙头去约会，那么父母和国人都会轻视他。据《说文解字》解释，媒也，谋和二姓，妁也，斟酌二姓。古代也有一种说法，认为男方的媒人称作媒，女方的媒人称作妁。中国古代婚姻成立，有六道手续，叫"六礼"，也叫"六仪"，其具体内容见于《仪礼·士昏礼》，包括：

1. 纳采，即男家请媒人去女家提亲。
2. 问名，是男家请媒人问女方的名字与出生年月。
3. 纳吉，男家卜得吉兆后，备礼通知女家，决定缔结姻缘。
4. 纳征，亦称"纳币"，是男家给女家送聘礼。女方一接受聘礼，婚姻即告成立。
5. 请期，即男方择定婚期，备礼告知女家，求其同意。

6. 亲迎，即新郎亲自去女家迎娶。

这中间，没有哪个环节能离开媒人。

《伐柯》诗中引申意义最丰的是"伐柯伐柯，其则不远"一句，男人找到一个好媳妇，就如斧头要安上一个合适的斧柄，都是有一定的程序的。没有媒人在其中牵线怎么行？"笾"是竹质的盛食物的器皿，"豆"也是一种食器。笾和豆整齐地摆着，先祭祀祖先，继而待宾客，正是婚礼的仪式。因为媒人的介绍，人生大事隆重圆满地完成了，我那心上人才成了我媳妇！

家庭是社会的基本单位，古代的五伦——君臣、父子、夫妇、兄弟、朋友中，中国以夫妇为人伦之始。《周易·序卦传》中有这样一段话："有天地然后有万物，有万物然后有男女，有男女然后有夫妇，有夫妇然后有父子，有父子然后有君臣，有君臣然后有上下，有上下然后礼义有所错。"非常明确地揭示出"家国同构"的精义：家庭就是国家的缩影，国家就是家庭的放大。因此，婚姻大事，就是国家大事。所以，在择偶时就要特别慎重。《伐柯》中所描述的对媒人的重视，正是反映了这一点。

媒人有官媒和私媒之分。官媒就是官方的婚姻介绍所，最早出现在西周。据《周礼·地官·媒氏》记载："媒氏掌万民之判。凡男女自成名以上，皆书年月日名焉。令男三十而娶，女二十而嫁。"媒氏的主要工作职责就是掌握全国男女的姓名和出生时间，督促适龄男女结婚。而除了为年轻人安排嫁娶外，还要帮助鳏夫寡妇重新组建家庭。私媒则是我们熟悉的媒婆形象,她们一般是中老年妇女,为男女双方穿针引线。私媒做成的婚姻还是要到官媒处登记,接受官媒的监督,符合国家的法律规定。历史上最可爱的媒人,就是《西厢记》中的俏红娘吧?

再说《卫风·氓》篇的"子无良媒",不由引人联想:婚姻有良缘,那么自然也有恶缘;既有"良媒"之称,也该有"恶媒"存在吧?《金瓶梅》中的那个王婆儿,就是恶媒的典型。那么,不仅择偶要慎重,择媒也是要慎重的。

可能有些朋友会奇怪,不是说"仲春之会"上男女可随意交往吗?怎么还必须有媒人呢?其实,"仲春之会"和"媒人"都是政府促进生育、增强国力的手段。今天的"鹊桥会"上也不能对对成功啊!自由恋爱之后,步入婚姻,还是要去正式登记的。而媒人就是当年的登记所所长。

第四章 永以为好——《诗经》中的婚事

《周南·桃夭》
桃之夭夭,宜尔子孙
—— 婚礼上的奏鸣曲

司马贞曾经说过:"礼贵夫妇,易叙乾坤。配阳成化,比月居尊。河洲降淑,天曜垂轩。"(《史记索隐述赞·外戚世家》)他向我们展示了古代中国人的婚礼是一种多么神圣的仪式,几乎称得上是与江河同在、与日月同辉了。

与今天一样,古代的婚礼也是从喧闹的乐曲中拉开序幕的。《诗经》时代的婚礼祝福曲有很多,最常用的就是这首《周南·桃夭》:

桃之夭夭,灼灼其华。之子于归,宜其室家。
桃之夭夭,有蕡其实。之子于归,宜其家室。
桃之夭夭,其叶蓁蓁。之子于归,宜其家人。

"夭夭"是个蕴意丰富的词,一说是茂盛的样子;钱锺书

《管锥编》又说"夭夭"是花笑,并引李商隐的《即日》诗"夭桃唯是笑,舞蝶不空飞"来证明;"夭"也有"美丽"的意思,但这美丽不是林黛玉式的,而是健康的、充满生机的美。"桃之夭夭"以丰富缤纷的象征意蕴开篇,扑面而来的娇艳桃花一下子就把人的心灵占满了,给人以强烈的色彩感。

"灼灼"两个字,真是明艳到了家,靓到能刺目的程度了。"灼灼其华"就是桃花鲜丽的样子;"其叶蓁蓁"形容的则是桃叶茂密。桃花纷纷绽蕊,此时新娘则紧张、羞涩得面颊绯红,人面与桃花,两相映衬,美不可言。诗没有对出嫁的女子描绘一笔,那女子充满青春活力的美却宛在眼前了。

"归",在先秦时期有"出嫁"之意,"之子于归"就是"这位女郎要出嫁"。"有蕡其实",即桃树的果实累累。诗中是从灿烂繁盛的桃花和浓密的桃叶联想到桃树的累累果实,比喻并祝愿新娘子婚后会早生贵子、儿孙满堂。

人们常说,第一个用花比美人的是天才。《桃夭》的作者,正是中国文学史上的天才。历代文人以桃花喻美人的词句数不胜数,但发展到后来,桃花却从《诗经》时代的吉祥祝福,变成薄命红颜了。唐代诗人崔护清明那天到长安城外踏青,在一户桃花掩映的民舍遇到了一个美貌女子,两人心有灵犀。可第二年清明,当崔护旧地重游,见门庭、桃花依旧,而那个女子却不知芳踪何处了。崔护遂感慨而成千古名篇:"去年今日此门中,人面桃花相映红。人面不知何处去,桃花依旧笑春风。""人面桃花"也成了中国古典诗词中的一种经典意境。

我想,《桃夭》这首诗应是到女子家接亲时演奏的第一首乐曲,是对新娘的美好祝福。这里的桃是丰饶、健康生命的象征,是男有室女有家的引导物。《诗经》三百篇都是可以配乐演唱的,今天,《桃夭》的乐曲虽已失传,但是从文字本身所传达的绚丽的色彩、女子出嫁的场面和"桃之夭夭"的三次回环往复中,我们可以想象,那乐曲一定是欢快的、充满节奏感的。

婚姻自古以来就不只是"个人问题",而是包含了许多社会因素。《桃夭》虽然凸显了女子的明丽容颜,但更重点强调的是"宜其室家""宜其家人"。对"宜"字,自古以来争议颇多,有说是正适宜结婚的年龄,有说是适宜结婚的季节。其实,这个"宜"字是泛指,是祝福新娘子结婚后会令夫家合家欢喜、家庭和睦,也祝福婚礼的一切都是适宜的、美好的、幸福的。送给新娘子"宜其室家"的祝福,就是送给她的最珍贵的嫁妆。

《诗经》里颂嫁的诗都写到了对子孙满堂的祝福。对多子多孙的热烈向往在《诗经》里比比皆是,如《大雅·假乐》篇有"千禄百福,子孙千亿"的句子。《国风》里还有一首婚礼祝福曲,其所取的意象十分有趣,就是现在人人讨厌的害虫蝗虫:

螽斯羽,诜诜兮。宜尔子孙,振振兮。
螽斯羽,薨薨兮。宜尔子孙,绳绳兮。
螽斯羽,揖揖兮。宜尔子孙,蛰蛰兮。

——《周南·螽斯》

这首诗虽有许多生涩字，但可不去较真儿，那都是对蝗虫飞翔声音和翅膀的描绘。诗的主旨就是"宜尔子孙"！诗中有"诜诜""薨薨"等六组叠词，锤炼整齐，音韵铿锵，可以想象演奏起来参加婚礼的人会哄堂大笑的——小两口儿，加油啊，得赶紧生出像蝗虫那么多的孩子，那才是福气哦。

在远古，人类随时面临灭绝危险，而且由于人类内部的竞争，也急需扩大自身的人口规模，因而生殖就是社会的头等大事。那时候，具有多仔（籽）特征的动植物常被当作崇拜对象，如鱼、葫芦、桃、瓜、榴等。由于螽斯这种昆虫繁殖力极强，一生可产九十九子，年生两代或三代，所以民歌手把螽斯编进唱词，再三祝颂"宜尔子孙"。古代婚庆祝辞中常有"螽斯衍庆"的词句，就是从这首诗中提炼出来的。而如果谁不重视这祝福，便被认为是不吉祥。据说紫禁城里有螽斯门，末代皇帝溥仪学骑自行车的时候把螽斯门锯掉了，迷信的人认为，如果不把这个门锯掉，溥仪就有后代了。

《诗经》三百零五篇中，最被大家喜欢的是情诗。作为婚姻进行曲的《螽斯》，既无经典的意象，又无打动人心的佳句，但却传达了古人最热烈、最欢愉的情感。所有优雅又柔肠万千的爱情，最终都希望走向《螽斯》用喧闹、明快曲调祝福的婚姻。

《桃夭》和《螽斯》两诗的重章迭唱告诉我们，《诗经》时代的婚礼是一道亮丽的风景：桃花灼灼开，明艳的少女要出嫁，祝福她嫁到夫家后能如蝗虫般子孙满堂。她带着这些美好

祝愿走进新生活也会信心倍增。从今后,她将成为贤妻、慈母、和善的奶奶。

读了这两首诗,你是否仿佛亲历了两千多年前的一场热闹婚礼:在鼓乐手的起劲儿演奏下,悠扬欢快的乐曲让观看婚礼的男女老少愈加兴奋和激动,挤着、争着看新娘子。你看,羞涩的新娘脸红了,幸福的新郎心醉了……

《卫风·氓》
桑之落矣,其黄而陨
——离婚了就别再留恋

《卫风·氓》不是我喜欢的诗。

在当代各种古代诗词选本中,《诗经》三百零五篇中被选入最多的就是这首《卫风·氓》。这诗讲的是"痴情女子负心汉"的老套故事,但讲的艺术水准极高,它没有重复《诗经》其他诗篇迭唱的形式,而是把一个一波三折的故事用诗的语言优美精炼地述写出来,可以说是中国最早的叙事诗。只因我不喜欢看见女人一遍遍哭诉的脸,才在心里排斥这诗。之所以选择它,是因为参考它可以写成古今普适的婚姻宝典:

氓之蚩蚩,抱布贸丝。匪来贸丝,来即我谋。送子涉淇,至于顿丘。匪我愆期,子无良媒。将子无怒,秋以为期。

乘彼垝垣,以望复关。不见复关,泣涕涟涟。既见复关,载笑载言。尔卜尔筮,体无咎言。以尔车来,以我贿迁。

桑之未落,其叶沃若。于嗟鸠兮,无食桑葚!于嗟女兮,无与士耽!士之耽兮,犹可说也。女之耽兮,不可说也!

桑之落矣,其黄而陨。自我徂尔,三岁食贫。淇水汤汤,渐车帷裳。女也不爽,士贰其行。士也罔极,二三其德。

三岁为妇,靡室劳矣。夙兴夜寐,靡有朝矣。言既遂矣,至于暴矣。兄弟不知,咥其笑矣。静言思之,躬自悼矣。

及尔偕老,老使我怨。淇则有岸,隰则有泮。总角之宴,言笑晏晏。信誓旦旦,不思其反。反是不思,亦已焉哉!

诗中多次提到"送子涉淇,至于顿丘""淇水汤汤"和"淇则有岸"等。顿丘,即今河南省浚县;"淇水",就是现在从西南到东北斜贯河南浚县全境的淇河故道。

在风景怡人的淇水岸边,某家之女初长成。这女孩是一个靠采桑、养蚕、缫丝卖钱为生的乡间采桑女。她娇艳如花,健美如鹿,心灵清澈如淇水。这样鲜丽的女孩谁不喜欢呢?可周围那些小伙子没有一个能入她眼的。这女孩就投入地劳动,等着自己的真命天子出现。

没想到,在集市上遇见了"氓"!卫国是原来商朝的故地,商品经济很发达,这个"氓"应该就是一个小商人。女孩卖丝,男人买丝,俩人就这样认识了。

诗是从这女人的回忆开始的:"当初那氓用他的布来换我的丝,其实是借故来向我示爱。""蚩蚩"是憨厚、朴实的意思。"氓"的憨厚朴实引起了女孩的好感,她愿意与他相处。每次约会,女孩都送他渡过淇水,一直到顿丘才肯分手。"氓"心急得很,多次恳求女孩嫁给他,甚至一再抱怨女孩有意拖延佳期。女孩只好向他解释说:"不是我故意拖延婚期,而是你还没有选好媒人向我家正式行求婚之礼。你可千万别生我的气,咱们就把金秋作为婚期好了。"这爱情的发生虽然没有细节描绘,但"匪来贸丝,来即我谋"八个字中却藏了无数曲折故事,有心跳,有脸红,有眼波如流,有肌肤的轻轻触碰。从婚事"秋以为期"来看,两人爱情的发生应是在春天的采桑季。

爱情就像春天!被爱滋润过的地方总是生机勃勃的,连一丛杂草都会鲜艳欲滴。

诗的第二节还是讲热恋的:"乘彼垝垣,以望复关",女孩自从认识了"氓",就一心全系于他了,对"氓"一片痴情。总去他来的路口张望,生怕望不远,还登高去看。"不见复关,泣涕涟涟。既见复关,载笑载言",这一句把女人的痴情于爱写得俏皮又感人,泣涕涟涟和笑靥如花都是因"氓"而起的。两人一个热烈追求,一个痴心相爱。占卜问婚事得了吉兆,媒人也上门来说亲了,娘家的陪嫁还很丰厚,将要开始的小日子定能红火。女主人公对这一段从恋爱到结婚生活的回顾是那样意味无穷,所以才能如此津津乐道地讲述。

只可惜,花红易衰似郎意!

诗中第三节,为全篇的转折点,通过女主人公的议论和抒情,来表达她的感情,已由开始的两情相悦,跌落到了失意绝

望的深谷。"桑之未落,其叶沃若",诗人用桑叶的鲜嫩和繁茂来比喻女子的年轻美丽和男女激情相爱的甜蜜。"于嗟鸠兮,无食桑葚",成熟的桑葚挂在枝头,诱惑着人也诱惑着鸟,真馋!女孩子们,千万别像贪吃的斑鸠,吃多了桑葚醉倒。男人们的情话可要打折听啊,多多提防!可叹的是,女人就是容易为男人的情话心花怒放。就像诗中的"氓"狡狯多变、喜怒无常、软硬兼施,那女子才为他所"耽"。结尾三句:"于嗟女兮,无与士耽!士之耽兮,犹可说也。女之耽兮,不可说也",这是女主人公从自身经历中总结出来的血泪教训——男子痴,一时迷;女子痴,没药医。她下定决心不再留恋过去,并告诫千万个姐妹,别再重蹈自己的覆辙。

　　女人因为太看重感情,把爱情当作生命,所以爱情破灭带来的重创足以致命。第四节就写到女人叙述自己年老色衰之后,婚姻也走到了尽头。诗人用同样的"比"的手法,用"桑之落矣,其黄而陨"来说明女子的容貌已经衰减了,揭示出她被"氓"抛弃的直接原因。"自我徂尔,三岁食贫","三"字在古汉语中是泛指,是说这个女子从结婚后好多年一直是过着贫苦的生活,正是这样的生活使得她美丽很快就凋落了。而那位"氓"逐渐暴露出了他那冷酷的"二三其德"的本性,寻花问柳,对老婆"手脚相加"。女主人公的爱情像肥皂泡一样地破灭了,被"氓"休回了娘家。

　　郑玄在此章笺注:"用心专者怨必深。"我们常以为很多大学问家是枯燥无趣的人,看这句注释,倒是看见经学大师郑玄也是很懂感情的人啊。这句简短的笺注,正看到了女人的伤心处。"淇水汤汤,渐车帷裳",水把那伤心女人的车帷溅湿了,她的心也湿了。还是这淇水,相恋时的情浓和被休回家的落魄,它都是见证!

更可怜的是,这个女子起早贪黑地劳作,丈夫却"至于暴矣"。一个"暴"字,透露了"氓"的狰狞面目,这女子受尽了他的虐待。而这女子的兄弟们,不但不同情她,还"咥其笑矣",笑话她拴不住男人,嘲讽她当年带了那么多嫁妆嫁人却被抛弃。如此浇薄的世态人情,使她在痛苦无告的情况下形影相吊。时间一点一点地流逝了,在无望的等待中,她逐渐清醒过来,意识到自己的忍辱负重是不会让丈夫回心转意的,"躬自悼矣"!这第五节总共用了六个叹词"矣",沉重地表现了女主人公的自伤之情。

男人把爱情当点心,女人把爱情当主粮。失败的婚姻对男人只是一次粗糙的打磨,却有可能毁灭一个女人的世界。"及尔偕老,老使我怨",你曾对我发誓,说我们要白头偕老,现在岁月稍逝,还未到老,这誓言就随风飘走了。如果要真和这样的男人偕老,那就苦海无边了。"淇则有岸,隰则有泮",淇水虽宽尚有岸,沼泽再广也有边。言外之意,自己的幽怨何时才有尽头?

记得当年我俩初相见,"言笑晏晏",说说笑笑真开心,海誓山盟还在耳畔,谁料转眼翻脸变冤家。想到这里,她终于做出了大胆的抉择,决定从感情的旋涡中勇敢地走出来。

"反是不思，亦已焉哉"，既然如此，与其整天生活在这种恨意绵绵之中，不如痛下决心与"氓"割断感情上的联系——既然恩爱两决绝，我何苦为你的负情百思不解、自寻苦恼呢？以后咱们两不相干！

尽管悲伤与痛苦撕碎了她的心，她也没有摇尾乞怜。在最后关头，她保持了自尊。

可气的是，这个女子的悲剧命运在历史上从未得到过同情，因为历代经学家都认为她是不守妇道、被诱惑失身的，所以她是咎由自取！

从古到今，婚变无数。《氓》中的故事不是昨天的、古老的，而是至今还在无数次重演的悲剧。结婚其实就是坐上了跷跷板，两个人重量均衡就能快乐地玩游戏，而一旦其中一个被其他的游戏方式迷住，突然中途起身离开，另一个被悬于空中的人就会突然跌倒在地，摔得头晕眼花。好不容易爬起来，想拽那人回来和自己继续玩，可他毕竟已对这游戏失去了兴趣，连你自己也觉得寡然。两人配合不好，那跷跷板就慢悠悠的，最后两人都脚踩地，跷跷板变天秤了，对峙着，又累又痛苦。

失败了，认输才是最聪明的。

离婚了，就别再留恋了。

《唐风·绸缪》
今夕何夕,见此良人
——新婚的幸福时刻

洞房花烛夜,金榜题名时。

从古到今,新婚的幸福时刻都是人生的大喜:

绸缪束薪,三星在天。今夕何夕,见此良人。子兮子兮,如此良人何?

绸缪束刍,三星在隅。今夕何夕,见此邂逅。子兮子兮,如此邂逅何?

绸缪束楚,三星在户。今夕何夕,见此粲者。子兮子兮,如此粲者何?

——《唐风·绸缪》

先秦古书中"婚"写作"昏",因为当时的婚礼多是在黄昏举行的。这首《绸缪》中的"三星在天",就是一个印证。"三

星"即"参宿",是二十八星宿之一,因为是由三颗主星组成的,所以叫"三星"。天一擦黑,"三星"就出现在天空的东北角了。

这是个缠绵又喜悦的夜晚,今天你要嫁给我了!

这样一首写新婚的诗,最先描绘的却是柴草。"薪""刍""楚"都是柴草,"绸缪"则是紧紧捆扎的意思。紧紧捆束的柴草,祝福一对新人将亲密团结地生活在一起。这柴草,也是晚上为迎亲燃起的火炬。火光粲然啊!

灯下看美人是最美的。"今夕何夕",这四个字饱含了所有最热烈的情感,幸福到头脑发昏,得定定神,才能想出今天是几号。今天是什么样的好日子啊,"见此良人"!"见"在古汉语中有看见的意思,也有出现的意思。这里的"见"应该同于"风吹草低见牛羊"的"见",是出现的意思,含着惊喜在里面。宾朋满座,烛火炫目,正忙于应酬,在人群簇拥间,我的她突然出现了。空气里都充满了醉人的甜蜜。

诗借了"束薪"作象征,用"三星"作背景,写了新婚的欢悦场面。而"子兮子兮,如此良人何"这句诗,似是宾客的调侃之语:春宵一刻值千金,该怎么亲昵你的心上人呢?呵呵,真有道不完的情深意长和新婚之夜的憧憬激动。

三星"在天",是高挂中天之象;"在隅",是偏移一隅之象;"在户"是西垂天边之象。"在隅""在户",是随着夜色的加深,三星的位置也有了变化,这需要历时五六个钟头。

《绸缪》一篇,写男女初婚之夕,无限好光景,竟是"相逢犹恐是梦中"的恍惚。我喜欢这样喃喃痴语的天真诗句。新婚的喜悦对男女双方都是相同的。《齐风·著》，写了一个新娘的快乐：

俟我于著乎而，充耳以素乎而，尚之以琼华乎而。
俟我于庭乎而，充耳以青乎而，尚之以琼莹乎而。
俟我于堂乎而，充耳以黄乎而，尚之以琼英乎而。

这诗描述了古代婚礼上迎亲的时候，新娘对夫婿的观察和夸赞。"俟我"，便是等着我的意思。从走下婚车踏入夫家那一步，新娘就开始用眼角的余波找新郎。她既紧张又害羞，新郎在哪里等她呢？这诗是以新娘进入新郎家中的空间递进为吟唱的。古代富贵人家大门口都有屏风，大门与屏风之间的地方叫"著"。新郎先在门口迎候，随即到庭院，最后到厅堂迎接自己的新娘。新娘子偷偷瞟自己的新郎，她生怕被别人看见，站的位置又不好，没有看到他的脸，只看到他的衣饰是那样华美！"充耳"是新郎戴的冠上装饰的玉，一直悬到耳边，那玉好漂亮啊，所以那新娘才三章反复吟唱。

于茫茫人海中找到他（她），分明是千年前的一段缘；十年修得同船渡，百年修得共枕眠。愿今后的每一个日子，都像今日这般辉煌喜悦——只羡鸳鸯不羡仙！

《邶风·击鼓》
执子之手,与子偕老
——"我"的真爱誓言

爱情有很多种,有一见钟情,有感天动地,有山盟海誓,有相对无言却眼波如流……但我想,如果让女人来选择的话,三千年前的女人和三千年后今天的女人都会选择"执子之手,与子偕老"的婚姻——

在茫茫人海中,在迷失与彷徨间,你知道,冥冥之中会有一个人牵你的手,陪你走过所有的阴霾和所有的艳阳天,今生今世。

这素朴的浪漫让许多女人都沉醉不已,却不知道,最初说出这誓言的,是一个男子。说这话的时候,他正随大军远征:

击鼓其镗,踊跃用兵。土国城漕,我独南行。
从孙子仲,平陈与宋。不我以归,忧心有忡。
爰居爰处?爰丧其马?于以求之?于林之下。

> 死生契阔，与子成说。执子之手，与子偕老。
> 于嗟阔兮，不我活兮。于嗟洵兮，不我信兮。
>
> ——《邶风·击鼓》

潘多拉的盒子里释放出了无数罪恶，但没有哪一种罪恶比得上战争对人的生命和人性的双重摧残。"击鼓其镗，踊跃用兵"，战争打响时，每个人都身不由己。诗中的男子没有什么奢望，他甚至羡慕修城墙的苦力工，尽管他们很累很累，但毕竟每天都能回家，都能看见爱人。他怨艾地想：只有我，被命运选定要捉弄的我，去打仗，要跋涉、漂泊，随时可能邂逅死亡。

诗中所描写的战争，"从孙子仲，平陈与宋"，史书《左传》也有记录。那个忧心忡忡的士兵，不断的争战让他身心俱疲。什么时候才能返乡呢？这个问题永远没有答案了。这样活着，便是日复一日地受伤——身体的伤、心灵的伤。就这样走着，他的心一片茫然，"爰居爰处"，我身处何方啊？茫然中马又丢了。到哪里去找呢？"于林之下"。马不喜欢受这苦役，它一定是到树林中跳跃嬉戏了。就像我时刻想着我的她，想起新婚时曾与她牵手说过的话——死生契阔，与子成说。执子之手，与子偕老。

"契"为"合"，"阔"为"离"，"死生契阔"就是生死离合的意思，"与子成说"意为立下誓言。我是要与你共度一生的，我想与你并肩站立，看日出日落，就这样一起，消磨到老。没有任何人能跨越死生的界限，我只是希望你我双手紧

握,平淡至老,仍不分开。至少,爱的长度也就是生命的长度!

时间可以让一切蒙上灰尘,可,只要能牵你的手,所有灿烂或不灿烂的日子都会变得崭新而明媚。

"执子之手,与子偕老",这是《诗经》中最有重量的情话,是用满腔心血和悲欢人生涂就的厚重苍凉,一字一锤,字字千斤,打到我的心。

"于嗟阔兮,不我活兮""于嗟洵兮,不我信兮",我是如此眷恋这人世,虽然它有百般的疮痍,但毕竟有你。现在,亲爱的,请你原谅我,我可能无法做到对你的承诺。

我不是有意食言啊,哪怕生命陨落的那一刻,我还是记得你的美、你的好。我满身灰尘,满心疲惫,可能今晚就会死去。但我还是忍不住想你站在我面前的样子,你的头发柔顺,眼波润泽,嘴唇宛如樱桃,我想一口吞在心底。亲爱的,我们真是遭神诅咒的情侣吗?为何真心真意也换不来今生的白首相伴?我们的誓言只能是一个梦了。

全诗就在这士兵的深深自责与遗憾中结束了,他的长叹在荒凉的夜空飘荡,她能听到吗?

闻一多先生曾经说过,《诗经》是全面的社会生活。西周、春秋的历史,《诗经》多有记述,这记述比史书生动,也比史书心灵化。《击鼓》一诗就记录了一个普通士兵的婚姻誓言。尽管他爱的人可能没有听见他在金戈铁马中的温柔低语,但两千多年间,无数个"她"都听到了。这无名士兵的古老诺言,激起了历朝历代女子的守望。

《诗经》中有很多篇章写战争中的男女之情，写得最惨烈的就是这首《击鼓》。"执子之手，与子偕老"，仅仅源于你我亲密无间的平凡相许，却不料如此刻骨铭心，延续到永生永世。死亡在这样的誓言下，已全然消散了它的惨烈与疼痛。这个男子以他的心灵之美，对战争无言地控诉，深深打动了人们的心弦。真庆幸我们生活在和平的年代和国度，没有战争来打散婚姻的幸福。只可惜，人类获得幸福的条件太苛刻。一个士兵于战争岁月对幸福的渴盼，今天依然是和平时代人们的呼唤。

"我能想到最浪漫的事，就是和你一起慢慢变老，一路上收藏点点滴滴的微笑，留到以后坐着摇椅慢慢聊……"这是当代版的"执子之手，与子偕老"吧？

倾情于此诗时，哈尔滨落雪如花，将我的文字润湿——

今生今世，爱了，就请握住那双手，别在茫茫的红尘中丢了彼此，就这样一直走下去，走到奈何桥的那一头。

执子之手，幸甚至哉！夫复何求？

第五章

情与物游——《诗经》中的器物

人的生活总离不开各种各样的器物。当人类告别蛮荒,走进了文明,对那一件件使自己的人生变得方便、安闲、优雅的器物,是充满了感谢与欣赏的。

《诗经》中的器物,从古到今都是学者们关心的对象,已经形成一门专门的学术——《诗经》名物学。那些器物中既凝聚着礼的秩序,又承载着人与人之间的美好情感、乐器、车马、玉石,甚至一个小小的酒杯,都是人们交流情感、表达内心诚意与敬意的载体。甚至很多时候,已经是人的情感的代称了——琴瑟悠扬,引出万千风情;马车辚辚,载来了美丽的新娘;觥筹交错,展现了君臣上下的和谐关系……

正是因为情与物游,才在诗句中留下了无数个牵动人心的器物。其实,文字不就是器吗?诗不也是物吗?而汉字写下的《诗经》,不就是世上最经久耐用的器物吗?

《郑风·女曰鸡鸣》
琴瑟在御,莫不静好
——琴瑟合鸣最关情

人们多以"伉俪""秦晋""鸳鸯""连理枝""比目鱼""比翼鸟"等风物喻夫妻,但最浪漫也最富哲理的比喻,是"琴瑟"。

琴和瑟,都是中华民族的古老乐器。琴音细、悠、润,瑟声厚、空、沉,二者既各自为调,又彼此唱和,成就圆满。所以在演奏中总是结伴而出,其音协和动听、委婉飘绵,活泼而不失规整。《郑风·女曰鸡鸣》就描写了一对男女"琴瑟合鸣"的生活场景:

女曰鸡鸣,士曰昧旦。子兴视夜,明星有烂。将翱将翔,弋凫与雁。

弋言加之,与子宜之。宜言饮酒,与子偕老。琴瑟在御,莫不静好。知子之来之,杂佩以赠之。

知子之顺之,杂佩以问之。知子之好之,杂佩以报之。

妻子说:"鸡叫了。"丈夫却还想赖床,说:"天还没亮呢。"呵呵,这男人在撒娇!

爱恋的欢娱总是那么短暂,一夜温存而欢爱未尽,所以这位丈夫才不愿听见鸡鸣破晓。从《郑风·女曰鸡鸣》开始,憎鸡鸣旦,也成了中国古代爱情诗中的典故,是常常被引用的对象。

尽管睡意、爱恋正浓,可生活还得如常继续。所以诗中的女子又催促丈夫:"子兴视夜,明星有烂。将翱将翔,弋凫与雁。"你起来看看夜色吧,启明星已经发光。快去射猎野鸭和大雁,不然天亮它们该飞走了。接下来是丈夫对妻子说:"弋言加之,与子宜之。宜言饮酒,与子偕老。"射来野鸭和大雁,我们一起烹调分享。共饮醇香的美酒,与你一起白头偕老。这样的生活是"琴瑟在御,莫不静好"。"在御"就是弹奏着的意思,是说我们一起弹琴又鼓瑟,人生是多么甜美、宁静又幸福啊。

"与子偕老"这一句,在《邶风·击鼓》中也有:

死生契阔,与子成说。执子之手,与子偕老。

这一句经典的言情之语流传得更广。恋人们的心愿都是相同的,只是《击鼓》中的爱情因凄美而更入于人心,《女曰鸡鸣》中的男女则正在实现那一对恋人"执子之手,与子偕老"的愿望,让人有种踏实的幸福感。

金庸先生可能很爱《诗经》吧?他的多篇作品都引用了《诗经》。

《雪山飞狐》中写胡斐和苗若兰定情,就是用这首《女曰鸡鸣》推波助澜的:

两人在雪地上缓缓走出数十丈,这天是三月十五,月亮正圆,银色的月光映着银色的雪光,再与苗若兰皎洁无瑕的肌肤一映,当真是人间仙境,此夕何夕。这时,胡斐早已除下自己长袍,披在苗若兰身上。月光下四目交投,于身外之事,竟是全不萦怀。两人心中柔和,古人咏叹深情蜜意的诗句,忽地一句句似脱口而出。胡斐不自禁低声说道:"宜言饮酒,与子偕老。"苗若兰仰起头来,望着他的眼睛,轻轻地道:"琴瑟在御,莫不静好。"

《诗经》中以琴瑟写男女之情的诗还很多。《周南·关雎》中的君子,对他所辗转反侧思念的淑女,是想以"琴瑟友之";《小雅·常棣》篇歌颂家庭成员间的亲密情感,也说"妻子好合,如鼓瑟琴"。琴和瑟在当时的生活中是十分重要的,《鄘风·定之方中》即用诗的语言,向我们讲述了在营建城邑的同时,人们还种植了各种树木:"树之榛栗,椅桐梓漆",种植的目的,则是为了"爰伐琴瑟"。可见琴、瑟和房屋一样,也是当时人生活的必需品。当然,这"人"必是贵族,就像如今小资以上家庭的钢琴热恋一样。

传说,舜用五弦之琴来唱歌,琴就是这样走进了古人的生活。古琴本身就充满了神秘色彩,它长三尺六寸五分,代表一年有三百六十五天；琴面是弧形，代表着天，琴底是平的，象征着地，合"天圆地方"之说。据说古琴最初有五根弦，象征着金、木、水、火、土。周文王为了悼念他死去的儿子伯邑考，增加了一根弦。武王伐纣时，为了增加士气，又增添了一根弦，所以古琴又称"文武七弦琴"。

孔子也是古琴的推崇者，他所教授的六艺"礼、乐、射、御、书、数"中，"乐"就包括琴艺，《史记·孔子世家》说《诗经》三百篇，孔子都曾用琴、瑟全新编曲，配乐演唱："三百五篇孔子皆弦歌之，以求合《韶》《武》《雅》《颂》之音。"

传统的周代"《诗》乐"表演是以编钟、鼓、磬为主，注重乐队的协配，这种专业化的演奏形式特别宏大、郑重，但普通民众很难参与。想要礼乐走进个体化身心修养，必然要简化其呈现方式。孔子用演奏便捷的琴、瑟，将《诗》三百"皆弦歌之"，使本来属于贵族礼乐范畴的《诗》乐，真正意义上走进普通人的生活，参与个体的人生修养。

历经数千年，古琴文化绵延不绝，传承有序，蔡邕、嵇康、苏轼等都以弹琴著称。"琴棋书画"中，"琴"始终列在首位，古人常用它来抒发情感，寄托理想——俞伯牙遇钟子期，从此人间有了高山流水觅知音的佳话；三国的诸葛孔明以其过人的智慧，在空城危急之时，焚香操琴，成为后世戏曲中久唱不衰的经典故事。

琴的音调婉曲动听，从《诗经》时代开始，就常常是陌生男女之间的"媒人"。汉赋大家司马相如与卓文君的爱情

故事，可说是"琴为媒"里最著名的一段了：司马相如早年家贫，虽有才情，但很落魄，后寄住在好友临邛县令王吉家里。临邛富豪卓王孙有一次在家宴请王吉，司马相如也在被邀之列。司马相如得知卓王孙的女儿卓文君才貌双全，此时寡居在家，席间就以琴代言，奏了一首《凤求凰》，卓文君也久慕司马相如之才，遂躲在帘后偷听。一个知音的女子，如何听不出相如琴中的倾慕？两个人由此情意暗通，演绎了一段千古传诵的一"听"钟情。

可惜不是所有向往"琴瑟合鸣"的夫妻都能相伴一生，所以，才有了"断弦"一说。唐代大诗人李商隐因为陷入党争而备受排挤，一生都在潦倒中度过。他的妻子王氏清贫自守，默默地承受了很多苦楚，终因过度操劳早亡，抛下了李商隐和幼小的儿女。这年李商隐三十八岁，入仕十余年却依然仰人鼻息，发妻又去世了，各种惆怅难言的情绪纠结于心，诗人写下了让无数文人猜测不已的《锦瑟》：

锦瑟无端五十弦，一弦一柱思华年。
庄生晓梦迷蝴蝶，望帝春心托杜鹃。
沧海月明珠有泪，蓝田日暖玉生烟。
此情可待成追忆，只是当时已惘然。

这弦断之痛只有当事人自己能体会了。弦断之后，还可以重新修补、续起，再娶新妇，开始新的生活，这就是"续弦"

之乐了。

琴瑟和谐,代表了中国人的爱情品位。对中国人而言,美妙的爱也许不像火一样灼热,而是"在御"的"琴瑟",流露出温暖、关爱与怜惜。

第五章 情与物游——《诗经》中的器物

《秦风·车邻》
有车邻邻，有马白颠
——有车一族的气象

《诗经》时代的学子在学校学习要掌握的六种基本才能，叫"六艺"，即礼、乐、射、御、书、数。其中的"御"是驾车。《诗经》里有大量描写车马的篇章，并多次提到了结婚迎娶新娘要用车，而诸侯娶妻，更是有百辆车队的排场。此外还有许多外观精巧、性能卓越的战车，多次在诗篇中出现，吸引着我们的眼球。这不，就来了一辆：

有车邻邻，有马白颠。未见君子，寺人之令。
阪有漆，隰有栗。既见君子，并坐鼓瑟。今者不乐，逝者其耋。
阪有桑，隰有杨。既见君子，并坐鼓簧。今者不乐，逝者其亡。

——《秦风·车邻》

"有车邻邻，有马白颠"，车子走来轰隆响，拉车的马长着白额头。车马在古代文献中是经常连在一起说的,说到马就包括有车,说到车就包括有马,一般是四匹马拉一辆车。白额头的马是骏马,不是普通人能养得起用来拉车的,这可是一辆从王宫驶来的车。虽然只是"有车"两个简单的字,便可以想象其车的豪华之景了。何况,这还是《秦风》里的一辆车,就是那个后来灭了天下诸侯,实现一统天下的秦国啊。那么,我们在想象其豪华之外,还要添一些威猛之气了。陕西临潼秦始皇陵就出土了两乘青铜马车,马车上还有不少金银饰件,通体施以彩绘,既精美又威武。可见秦国对车马的崇尚。据《毛诗序》说,这诗是赞美秦仲的。《史记》说,周宣王即位,秦仲当了朝中大夫。大约从此之后,秦国有了强国的气派,而车马的阵容,就是强大的证明。

第二段写:"阪有漆,隰有栗。既见君子,并坐鼓瑟。今者不乐,逝者其耋。"山坡上种着漆树,湿地里长着栗树。见到了国君,我们一起弹琴。现在不及时行乐,将来老了就迟了。

开篇刚刚渲染了车马的气势,怎么忽然又写到树上去了?写地里长的植物,其实是夸耀封地的肥沃,也就间接地表明国力强盛,以及国君治国有方。有人说,坡上长漆树,坡底长栗树,一上一下,也象征秦国君臣上下有序,各得其所呢。

第三段几乎就是第二段的重复,只是"漆"换成了"桑","栗"换成了"杨","瑟"换成了"簧","耋"换成了"亡"。《诗经》中这样略有变化的重复,是非常多的,这就是所谓的一唱三叹。《诗经》三百零五篇都是歌曲的歌词,正是在一唱

三叹中,情感的表达在加深。

"鼓瑟""鼓簧"是礼乐文明的象征。所以,在《诗经》中,我们时常可以看到鼓瑟吹笙的描述。

《车邻》一诗以车马引起人的情思,想到那个君子是如此这般威仪赫赫。但"未见君子,寺人之令",见"偶像"不是那么容易的,要等着掌管王宫内人和女官的"寺人"(太监)来传令,自己一番情思只好先寄于遐想和感叹。有的解诗家说这"粉丝"是个单相思的女人,也有说他是个希望得到君王重用的士人,都说得通。"今者不乐,逝者其亡",是对于及时行乐的提醒,青春转眼就会消失殆尽,诗酒趁年华吧!这正是人类对生命的自觉,这种自觉,本身就是一种进步。

古代有"千乘之国"的称号,还有"车骑将军"的称号。车与国力、官位联系在一起,可见"有车"是身份、地位的象征。春秋末年,我们全天下华人的共同老师——孔子,也是出入有车的。所有和孔子有关的资料都载明,孔子一生都在四处奔波,有相当长的时光是在车轮滚滚的旅途中度过的。孔子与车还有一个有趣的小故事:

孔子最欣赏的学生颜回死了,颜回的父亲颜路请求孔子卖掉车子,给颜回买个好一点儿的棺木外椁。孔子却拒绝了。孔子曾多次高度称赞颜回,认为他有很好的品德,又好学上进。颜回死了,孔子十分悲痛,但他却不愿意卖掉车子。因为他曾经担任过大夫一级的官员,而大夫必须有自己的车子,不能步行,否则就违背了礼的规定。这也反映了孔子对礼的严谨态度。

可见，车与礼是密不可分的。

是的。诗就是礼乐的一部分，而且还是核心部分。礼已变，诗永恒。乐已失，诗还在。

《鄘风·柏舟》
泛彼柏舟，在彼中河
——我的心是不系之舟

"作车以行陆，作舟以行水"，船延展了人类脚下的道路，使不可横绝的水域成了可以自由航行的空间。

中国船舶的历史几乎与人类发展史一样长久，传说大禹为了指挥治水工程，需要造一只大型的独木舟。他听说四川有一棵特大的梓树，直径达一丈多，就带着木匠去伐。树神知道后化成一个童子阻止，大禹非常生气，严厉地谴责了树神，砍下大树，并把它中间挖空，造了一条既宽大又灵巧的独木舟。大禹乘坐着这艘独木舟指挥治水，经过十三年的努力，终于治服了洪水。不少考古新发现都在不断证实着中国的造船之术起源很早。在浙江余姚河姆渡新石器时代遗址的考古发掘中，就有木桨出土，说明至迟在大约七千年前，中国大地上就已经有独木舟了。西周、春秋时期，我国南方已有专设的造船工场，诸侯国之间经常使用船只往来，并有了战船。吴国水军的战船是当时最有名的，吴国就是凭借这些战船先后在汉水和太湖大败了楚、越两国。

舟船的发明不仅是一项伟大的物质创造，也触动了人的心灵世界。在《诗经》中，"舟"字出现了十七次。正是因为船舶制造业的发达，《诗经》中才无数次出现了舟船的意象：

泛彼柏舟，在彼中河。髧彼两髦，实维我仪。之死矢靡它，母也天只，不谅人只！

泛彼柏舟，在彼河侧。髧彼两髦，实维我特。之死矢靡慝，母也天只，不谅人只！

——《鄘风·柏舟》

一艘柏木小舟拉开了本诗的序幕——"泛彼柏舟"，一条小小的船漂荡在河中央，一下子引起了读者的强烈好奇和担心：在水面上行舟，视野比较开阔，但是同时也会感觉到无奈，因为目光所及很远，而实际能活动的空间却很有限；在水面不平静的时候，行舟人还可能会因失去对这叶小舟的掌控而丧命。这使得柏舟在苍茫天地间显得更加渺小了。

是什么样的事情与这样意蕴深远的起兴有关呢？

是陷入危机中的爱情。

被诗人一再叨念，系在心头的就是反复出现的"髧彼两髦"的男人形象。关于这个男人的"芳龄"，古来争议很大，有说他是一个不到二十岁的少年郎，头发梳着两髻，尚未加冠，那

他们俩就是"早恋"了；也有说这是个衣饰华美的贵族青年，两人的爱没有得到父母的许可。我们只知道他是这女子心头的最爱就可以了。"实维我仪""实维我特"是说这男子实在是自己心仪、青睐的对象。后面接着是三句强烈的呼喊："之死矢靡慝，母也天只，不谅人只！"亲娘啊，老天啊！怎不体察我的心？我到死也只爱他一个！

开篇所写的水中央风雨飘摇的孤舟，正代言了这世人所不解的爱情。

女人的爱情誓言，总是比男人狠得多。男人真爱女人会说：执子之手，与子偕老；女人却动不动搬出生、死这样的大山来吓人。《王风·大车》中的女子不就是说生不能同眠死也要同穴吗？这是女人在爱情中更冲动盲目不能平静的表述吧？

因这诗中刚烈、决绝的句子，经学史上把这诗与卫国的历史联系了起来：卫国的太子共伯少年早夭，他的妻子共姜极爱他，立志为他守节，可共姜的父母却要强迫她改嫁，共姜坚决不从，作此诗以明志。古人称丧夫为"柏舟之痛"，夫死不嫁为"柏舟之节"，都是源于此诗。许多学者认为这是一种误读，努力要还原出此诗的爱情内涵来。其实不用如此较真儿，"柏舟"已经成了女子守节的文化象征，我们去了解就够了。

比起陆地上的车马行程，茫茫水域中前行的船更能表达沉郁的心境，《邶风》中也有一篇《柏舟》：

泛彼柏舟，亦泛其流。耿耿不寐，如有隐忧。微我无酒，以敖以游。

我心匪鉴，不可以茹。亦有兄弟，不可以据。薄言往愬，逢彼之怒。

我心匪石，不可转也。我心匪席，不可卷也。威仪棣棣，不可选也。

忧心悄悄，愠于群小。觏闵既多，受侮不少。静言思之，寤辟有摽。

日居月诸，胡迭而微？心之忧矣，如匪澣衣。静言思之，不能奋飞。

行于浊世，就如同泛舸中流。

诗中的行舟人"亦泛亦流"，他虽然有万般思绪，却只能随波逐流，无法实现自己的理想。他因为这些忧愁而夜不能眠、辗转反侧，就想借酒消愁，可是酒也不能给他解脱。这或许就是他夜晚泛舟的原因吧？诗既实写了诗人的行踪，描绘了泛舟水上的情景，也隐喻了泛舟水上，身不由己的处境。

"我心匪鉴，不可以茹。"茹字意为容纳。诗人说自己的心不像镜子一样，可以什么东西都丝毫不差地包容。自己的内心，有一些东西是无法接受的，正是这种无法接受的事物，让诗人的心里充满了不快和郁闷。诗人因为刚正不阿，被小人所陷害，怀着满腔幽愤，无可告语，因而用这委婉的歌辞来表达。这与屈原赋《离骚》所抒发的苦闷之情何其相似啊！所以古人有云：一部《离骚》尽在《柏舟》。

在古代文化中,有无数条船:孔子说,如果他的道不行于世的话,那他就要乘一叶小舟徜徉江海;庄子的哲学中有一条不系之舟,漂荡于天地间,是精神适意的载体;"夜半钟声到客船"更是成了天涯孤旅的经典艺术境界了;而"小舟从此逝,江海寄余生"的苏轼,也常以舟船寄托情志。

人寄栖于天地间,亦如不系缆于河岸的柏舟。桨橹摇荡间,风光几许、危机几许、寂寥几许、自得几许。两千多年前那个乘舟女子,凭旧船票即可登今日的船——古今的欢与笑、泪与痛都是相通的。爱到最痴处,呼号以表情。

《小雅·斯干》
载弄之璋，载弄之瓦
——男女天生就不同吗

婴儿降生，民间俗称"添喜"。祝贺别人家生孩子时，如果是生男孩，要送玉器；如果是女孩，要送瓦。这里的瓦，并不是盖房子用的屋瓦，而是一种陶质的纺锤。对这一习俗的最早记录是《小雅·斯干》：

乃生男子，载寝之床。载衣之裳，载弄之璋。
乃生女子，载寝之地，载衣之裼，载弄之瓦。

如果生了男孩子，就放他在床上睡，给他穿上衣裳，给他玩玉璋；如果生了女孩，就给她铺席在地上睡，给她裹上个小被，给她玩纺锤。

璋，是古代一种非常重要的玉器。它是一块条形玉版，上端斜削，是当时臣子朝见王侯时手里拿的。璋到后来演变成笏，

或名手版,民间叫朝王片。

《礼记·聘义》说"君子比德于玉",把玉器给男孩玩,显然是希望他将来有玉一样温润而端正的品德。让玩的不是普通的玉佩而是玉璋,这其中寄予了对这个男孩子地位尊贵的期望。后来贺人生子,即曰"弄璋之喜"。

瓦是古代织布机上的一种零件,是女子纺织时用的陶质的纺线锤,让女婴弄瓦,有从小就培养她勤于纺织的寓意,希望她将来能勤于纺织之事、胜任女红,贺人生女就称"弄瓦之喜"。

《小雅·斯干》一诗是贵族营建宫室,在落成典礼上所唱的祝词,表达了子孙后代永远繁衍生息的美好愿望。因为《诗经》贵为经典,历代传诵,"弄璋弄瓦"也就成了生男生女的代称,甚至变成了一个成语。

在古代,如果不懂"弄璋弄瓦"这一典故,在祝贺别人家"添喜"时,往往会闹出笑话。

唐朝奸相李林甫的小舅子太常寺少卿姜度喜得贵子。过满月那天,文武百官都来祝贺,李林甫也派人来送贺礼,并且亲笔写了一封贺帖。见宰相派人来送贺帖,姜度急忙迎接,接过贺帖一看,却一下紧锁双眉,愣在那里。满门宾客见状,十分惊异。这时,一位亲友接过贺帖一看,见上面写道:"闻有弄獐之喜,特备薄礼祝贺。"那亲友不禁哑然失笑。"獐"是一种野兽,头小而尖,"獐头""鼠目"并列连言,是形容人面貌丑陋而神情狡猾。"弄獐之喜",等于是希望孩子长大后,成为像獐一样外表和心灵都丑陋的人。李林甫把"璋"写成"獐",

一字之差,失之千里,怎能不让主人生气、使宾客暗笑呢?后来以"弄獐宰相"笑话没文化的权贵,也骂没文化还干些伤天害理事的坏蛋。

关于弄瓦,也有一些趣闻:

据说唐宋八大家之一的苏洵在二十六岁时,老婆生第二胎,又是女儿,苏洵邀请好友刘骥来家里喝满月酒。刘骥醉后吟了一首名叫《弄瓦》的诗:

去岁相邀因弄瓦,今年弄瓦又相邀。
弄去弄来还弄瓦,令正莫非一瓦窑?

刘骥因苏洵老婆生第二胎女儿,就借机戏谑、调侃苏洵,笑话他老婆是制瓦的瓦窑。

张爱玲的短篇小说《琉璃瓦》说姚先生有大大小小七个女儿,一个比一个美。亲友们和姚先生打趣,唤他太太为"瓦窑"。姚先生并不以为忤,只微微一笑道:"我们的瓦,是美丽的瓦,不能跟寻常的瓦一概而论。我们的是琉璃瓦。"张爱玲饱读诗书,总能活学活用古代经典。

璋与瓦,一为玉雕,一为土陶,价值悬殊。在此,儒家伦理观念具体到了儿童玩具上。诗中再加上床与地、裳与裼的对言,可见男尊女卑是当时人的普遍观念。这让做女人的我有些气不平:男女天生就不同?

班昭是中国历史上有名的才女,东汉著名的史学家、文学

家。她在七十多岁高寿之年写出了《女诫》，这本是用来教导班家女儿的私家教科书，不料京城世家却争相传抄，不久之后便风行全国各地。在《卑弱》篇中，班昭就引用了《诗经》"生男曰弄璋，生女曰弄瓦"的说法，认为女性生来就不能与男性相提并论，必须"晚寝早作，勿惮夙夜"，才能恪尽本分。《女诫》一书，是中国妇女的行为准则，影响中国近两千年，"弄瓦弄璋"也因此成了男尊女卑的代称。直到今天，这个语词才与人们陌生了。现在说起来，就当个文化遗俗来了解吧。

《周南·卷耳》我姑酌彼兕觥，维以不永伤
——酒杯中的情谊

从古至今，酒是人类生活中的主要饮料之一。中国制酒历史源远流长，制酒工艺品类繁多，无酒不欢，无酒不成席，酒在我们的生活中，就是一种根深蒂固的传统文化，开心了喝杯酒庆祝一下，烦恼了喝杯酒释放一下。中国最早的诗歌总集《诗经》中，"酒"字共出现了六十余次；酒的专称"醴"等和饮酒的形式"献爵""酬"等都出现了数十次。当时人的酒杯，在《诗经》中也得到了如数家珍般的大量描写，诸如"酌之用匏""酌彼金罍""称彼兕觥""牺尊将将"等等。这名称不一的各种酒器分别用葫芦、青铜、玉石乃至犀牛角制成，各具精美特色，给饮酒增添了许多乐趣。比如，《周南·卷耳》写的是一个女人思念出征在外的丈夫，就用酒杯抒发了自己的情感：

/ 诗经：万物皆有情 /

采采卷耳，不盈顷筐。嗟我怀人，寘彼周行。
陟彼崔嵬，我马虺隤。我姑酌彼金罍，维以不永怀。
陟彼高冈，我马玄黄。我姑酌彼兕觥，维以不永伤。
陟彼砠矣，我马瘏矣，我仆痡矣，云何吁矣！

  卷耳俗名苍耳，可以入药。诗以采卷耳的场景拉开帷幕，几乎让人误以为是一首田园诗。可读了一句之后，气氛就变了。"采采卷耳，不盈顷筐"是说卷耳菜很多，可那女人采了很长时间，却没能采满浅浅的一筐，心思烦乱之极啊！真是想念我的那个他。想到他，我一点儿力气都没有了，全身的力气都被遥远的他牵走了，那浅浅一筐卷耳菜也拎不动，随手放在了大路旁。这就是"嗟我怀人，寘彼周行"。

  女人在家里想着远方的男人；男人，也在远方想着自己吧？

  于是，那女人进入幻想状态，想象丈夫在旅途中思念家人。从第二节开始，诗中的"我"就不再是妇人，而是丈夫。这想象极具画面感——"陟彼崔嵬，我马虺隤"是想象丈夫爬上崎岖的山，马走得疲惫了；"陟彼高冈，我马玄黄"是她丈夫登上了高高的山冈，马病得毛都枯黄了。骏马已疲，人呢？曾经英俊的人，漂泊日久，也憔悴不堪了吧？想见家里的她，又怎敢让她看见自己今天的样子？为了消解日益加深的忧伤，男人在山顶上斟满金罍、兕觥，借酒浇愁。他很想那采卷耳的女子，何以解忧，唯有痛饮！第四节想象丈夫来到险峻的山岭上，马病得不能行走了，仆人也病倒走不动了，"这次第，怎一个愁字了得"！

这诗好似一场两性互诉心声的独白戏,男女主人公在同一时段的两个不同场景表白了内心情感。诗人省去了"女曰""士答"之类的提示词,戏剧效果更突出了。

诗虽以卷耳菜起兴,真正言说思念之愁的却是金罍、兕觥这两个大酒杯。

在酒文化中,酒杯很有讲究:竹筒制成的酒杯能使酒清凉爽口;葡萄酒就该用夜光杯喝,那血红色从杯中透出更添豪气;沙漠中行走,要用皮囊装酒才能保持酒的醇美;饮百草酒,用古藤杯能增芳香之气;玉质酒杯则会给饮酒平添了几多风雅之气……

金罍是一种大的青铜酒器,《诗经》时代天子喝酒用玉质的杯,诸侯大夫用青铜杯,介于大夫与庶民之间的用梓木杯。《卷耳》中的男子饮酒用金罍,还有仆人,身份应该是一个大夫。人生不如意事常八九,无论贵胄还是平民,都会在忧伤时借酒浇愁。

兕觥是犀牛角做的大酒杯,容量较大,常用于罚酒。古人早已知道犀角能够清热解毒,认定适宜制作酒杯。文献里面常常提到犀角杯。《诗经》中就出现了三次,《豳风·七月》里说:"朋酒斯飨,曰杀羔羊;跻彼公堂,称彼兕觥,万寿无疆。"年终的庆典上,人们大口吃肉、大杯喝酒,欢畅淋漓。可遗憾的是,在考古中却没有发现一件犀角杯。1959 年,终于有一樽商代青铜"龙纹觥"在山西石楼县桃花庄出土了。尽管不是犀角的酒杯,但却让我们有实物参考,可以想见兕觥的形状了。

/诗经：万物皆有情/

浊酒一杯家万里！

家中杯盏虚设，锦衾绣枕亦虚设。那采卷耳的女子，怎能不落寞如秋叶？

我要在家中斟满兕觥，等他回来，罚他，干了这一大杯！

第六章
都市曲调——《诗经》与城市

《诗经》时代是个以城市为中心的时代,所以,三百零五篇中更多的心曲都是在城市中演唱的,是都市曲调。这曲调中既有城市中俊男靓女的华服佩饰,也有在城门边怦然心动的爱情,还有在城市的街边巷尾交头接耳的秘闻。城市,可以说是《诗经》中最亮丽的风景线。

《鄘风·墙有茨》
墙有茨，不可扫也
——都市隐私最流行

城市中流行最快的，就是名人的隐私：

墙有茨，不可扫也。中冓之言，不可道也。所可道也，言之丑也。

墙有茨，不可襄也。中冓之言，不可详也。所可详也，言之长也。

墙有茨，不可束也。中冓之言，不可读也。所可读也，言之辱也。

——《鄘风·墙有茨》

茨，是有刺的草本植物，就是我们今天所说的蒺藜。蒺藜的生命力极强，或是生于路边，或是长在墙上。"墙有茨"，一旦墙上长了蒺藜就很难清除，谁"扫"、谁"束"，扎谁手。

就像王室有了丑闻，瞎说乱传会招惹是非的。这诗中的墙，喻指了城市中最神气的宫墙。那个有秘密的名人，是宣姜——许穆夫人的母亲。

卫国的诗人唱着：墙上的荆棘啊，除不去。宫廷中那些龌龊的事情啊，不能说。要是说出来啊，那话就长了、也太难听了，对我们卫国人实在是种侮辱。

这诗的作者就是《诗经》时代的"狗仔队"，不过更有艺术修养一些，说宫中艳事，却不直言，以八卦新闻开始，隐晦渲染了一番，勾起了人们的瘾头，又装腔作势地闭口不言了。

到底是什么秘密啊？

卫国的王室，故事多到我都不愿意写了。但别人的故事可以不写，宣姜却无论如何不能漏过。尽管她自己从未想过要出名，但实在没办法，她是改写卫国历史的人，命运把她推到了一个连莎士比亚的笔都描绘不出的舞台。这一切都要从她十五岁那年说起——

春秋初年，年方十五岁的齐国公主宣姜正是情窦初开，如鲜花般绽放的年纪。她该出嫁了，前来求婚的人络绎不绝。这年夏天，卫国的卫宣公也派使者来齐国替他的儿子太子伋求婚。

卫宣公这人一贯荒淫无耻，在他老爹死后，他和庶母夷姜私通，生下了儿子伋，并立为太子。卫太子这年十六七岁，其儒雅俊美也是诸国间闻名的。齐僖公立刻就答应了这桩郎才女貌、十全十美的婚事。可惜，宣姜的命运被一个小人改变了。

这是她命运的第一个转折。

为太子求婚的使臣回到国内，立即向卫宣公禀报：齐国的小公主简直比花儿还诱人，真是古今少有的绝色美女！卫宣公这老色鬼一听，立刻动了歪心思。就和那个使者一番密商，制定了一套天衣无缝的骗亲计划：期待迎娶心上人的太子被派出使宋国，卫宣公赶紧在淇水河边修了一座行宫，名为"新台"。这边使者打着为太子娶亲的旗号代表卫国去齐国迎娶。

宣姜欢天喜地装扮起来，跟着使者就走了。到了新台，糊里糊涂地和卫宣公这老家伙举行了婚礼。那使者用了什么瞒天过海的招数骗过宣姜和她身边的随从，史书上没有记载。史书上见到的，就是宣姜结婚之后，才知道新郎不是俊雅的太子，而是爬灰的老公爹！卫人有诗《邶风·新台》讽刺了卫宣公的秽行：

新台有泚，河水弥弥。燕婉之求，籧篨不鲜。
新台有洒，河水浼浼。燕婉之求，籧篨不殄。
鱼网之设，鸿则离之。燕婉之求，得此戚施。

籧篨指癞蛤蟆，比喻面目老、丑又恶心无比的卫宣公。"河水弥弥""河水浼浼"则暗喻宣姜滂沱的泪水。可再怎么骂，天鹅肉还是被这癞蛤蟆吃了。在这种情况下，女人如果不认命就得去死。

太子伋回国后，未婚妻变成了"小妈"，新郎是自己的老爹。可以想见他受到的打击，这耻辱就好比吃饭时咽下了一只苍蝇，想吐又吐不出来，恶心无比。

对于齐僖公来说，这消息当然是让他愤怒了一阵子的。不过他毕竟是条政治老狐狸，女儿提前当上了王后，这对他来说是赚了，所以他就接受了这个老女婿。

中国的史官只重写史记事，不重人物心理分析。尤其是这些历史事件中的女性，她们的心灵空间从未被史官关注过。卫宣公自然无耻，太子伋固然窝囊。可故事之中女主角的心理如何，历史上却一笔没记。

千古艰难唯一死，宣姜求死亦无告吧？

尽管宣姜痛苦不堪，可历代经学家没有一个同情她的，她和她的姐姐文姜，都被骂作"淫妇"，就恨她为什么不去死？死了才能保全名节啊！古人批判她们姐妹甚至批判出了经典佳作："妖艳春秋首二姜，致令齐卫紊纲常。天生尤物殃人国，不及无盐佐伯王。"这些人认为她们的美祸国殃民，比丑女无盐坏多了。

这些经学家都是我尊敬的学者，我实在不想像别的《诗经》解读者一样大骂他们。女人的艰难不在他们的视野中，他们想通过《诗经》影响社会人伦。只是过分强调人伦，反而忽视了人情与人性。

宣姜在岁月中渐渐淡漠了结婚带来的耻辱。她狠下心来装傻也要活下去。《卫风》《鄘风》《邶风》的一系列诗，古人都说是影射、讽刺宣姜的。除了《墙有茨》《新台》，还有《君子偕老》《二子乘舟》《鹑之奔奔》等。绯闻满天飞。一个女

人,名誉已低到极点了,淫妇、倒霉鬼、傻瓜,自己都是,反而好办了,可以无所牵挂、无所用心地傻笑活着。

宣姜生了两个儿子,寿和朔。寿是个仁义的孩子,很尊敬、崇拜他的大哥伋;朔却是个小阴谋家,想取伋的太子之位而代之。已是三十多岁的宣姜迎来了她命运的又一个转折。

朔这个坏小子总在宣姜面前说:太子伋从未忘记他爹的夺妻之恨,正阴谋造反,想杀死自己和寿。天下有哪个母亲不爱自己的儿子?宣姜大惊失色,忙去告诉了卫宣公。卫宣公就派伋到他国出使,让杀手埋伏在半路上杀死他。

宣姜没料到事情会到这一步。她根本不愿意有谁死,更不愿意死去的是伋。她得知了这个消息,连忙让自己的儿子寿去给伋送信。可是伋怎么也不相信自己的亲爹能对自己痛下杀手,坚持要出发。寿决心为弟弟赎罪,在送行宴上,他将伋灌醉,自己代替伋出发了。杀手不分青红皂白,将寿杀死。伋酒醒过来,明白弟弟替自己去送死了,连忙去追赶。他赶到的时候,寿已经倒在血泊里。伋痛骂杀手,醒过神儿来的杀手一不做二不休,把他也乱刀砍死了。宣姜闻听消息,顿时昏死过去。

多行不义必自毙!那个好色淫荡的卫宣公在杀死自己两个儿子后很快就死了,宣姜的儿子公子朔即位,他就是卫惠公。然而,卫国贵族都记恨他曾谗杀了太子,心中不平,在惠公上台的第四年,他们趁惠公外出之际,拥立旧太子伋的弟弟黔牟做了国君,惠公吓得不敢回国,跑到外公家齐国躲了起来。

作为卫国两次政变始作俑者的"红颜祸水",此时的宣姜,只想死了。却求死不能，落在了卫国贵族手里，迎来了她命运的第三个转折。

齐国此时的国君是宣姜的哥哥齐襄公，自己的外甥当了卫国国君，这是天大的好事，当然要保住妹妹的国母位置啊，他想出了一条"妙计"：让死去的卫太子伋的同母弟弟昭伯迎娶宣姜，来完成他哥哥的结婚心愿，以安慰亡灵的名义，巩固两国交好。但卫国人个个对宣姜不屑，甚至有切齿之恨。昭伯老实又明理，他想保全老爹和大哥的体面，所以拒绝了这一安排。但卫国的贵族们不想得罪齐国，都支持齐襄公的想法。《左传·闵公二年》说，"不可，强之"，意思是强迫昭伯与宣姜行房。至于怎么个强迫法，史书上也是语焉不详。有说是他们两个被灌醉了，酒是色媒人，之后就……事实上，昭伯和宣姜一连生下了五个孩子：齐子、卫戴公、卫文公、宋桓夫人、许穆夫人。这该不都是被强迫的吧？

这样一来，宣姜美眉就既是太子伋的前未婚妻、卫宣公的遗孀，又是昭伯夫人。她的儿女辈之间还要互相称叔侄才行了。这样一档子事，用不着偷听偷拍，妇孺皆知。这首《墙有茨》，八卦得够可以，一再地说："不可道也""不可详也"，却是眉飞色舞地说的。时隔两千七百多年，我似乎都能想象出唱这首诗的人唾沫星子飞溅的样子。我们如今读来，仍可感受到当年人们唱这首诗时神神秘秘的神情。

宣姜和她的女儿许穆夫人不一样，她从未想做女英雄，只想做一个贤良淑德、相夫教子的平凡女人，可她不能左右自己

的人生，不断成为一个个男人的棋子，甚至她的儿子都来利用她。老天爷从来都不慷慨，给了她美貌、富贵，却也给了她悲凉的一生。

这个卫国都城中最美的女人，无数"娱记"编派了她，写到诗中，无数后人又唾骂了她。她是个没心没肺的女人，所以，千夫所指也能活下来。她散淡地待自己的孩子，孩子反而个个成材。她总共生了七个孩子：前面已经讲过了寿很仁义；许穆夫人在卫国遭难时奔走呼号，留下了传诵千古的诗作；卫国灭亡时，卫国遗民拥立她的一个儿子戴公为君，尽管他在位不到一年就亡故了，但从卫国人在危难之中对他的信任来看，他应该是一个贤德的人；卫文公更是使卫国得以中兴、重新挺立于诸侯的明君；《左传》没有记载宋桓夫人的言行，但宋桓公在卫亡之后迅速做出了救卫的反应，可以想见宋桓夫人的作用。

七个子女，齐子早死；朔坏得水平极高，当上了国君；其他五人，个个贤能。这就是上天赐给宣姜的最好的礼物了吧？宣姜的死，历史上没有记载。不能平平静静地活着，终于可以平平静静地死去。她是笑着离世的吧？

《鄘风·定之方中》
定之方中，作于楚宫
——修建新城国祚长

我国最早的城市出现在龙山文化时期，传说鲧已筑城，在夏商时代已经有了诸多繁荣的城市。《诗经》的许多诗篇，都记录了城市的发展史。《商颂·殷武》载"商邑翼翼，四方之极"，生动地描绘了商朝都城的雄伟气概，四方诸国都以之为榜样；《大雅·崧高》有"于邑于谢，南国是式"的句子。"四方之极""南国是式"，都说明当时城市建设有统一的礼仪规范。

这首《鄘风·定之方中》记录了卫国灭国后，坎坷艰难，在许穆夫人的努力周旋下，卫国又在楚丘翻开了新的一页。受命于危难之中，担当卫国都城重建任务的，就是卫文公：

定之方中，作于楚宫。揆之以日，作于楚室。树之榛栗，椅桐梓漆，爰伐琴瑟。

升彼虚矣,以望楚矣。望楚与堂,景山与京。降观于桑,卜云其吉,终焉允臧。

灵雨既零,命彼倌人,星言夙驾,说于桑田。匪直也人,秉心塞渊,騋牝三千。

这位卫文公,就是前文所讲的宣姜的儿子,许穆夫人的哥哥。诗以纪实的手法描写了卫文公兴邦建国、勤于政事、励精图治的贤君形象。

"定"是星宿名,每年夏历(农历)十月十五至十一月初的黄昏能用肉眼辨识,这时在节气上是"小雪"。这正是农闲季节,可见卫文公是个遵循天道、体察民情的君主。"定"星此时出现在天空的位置是正南,与北极星相对,可以准确测定南北方位。"揆之以日","揆"是测量的意思,就是根据日影来确定宫室的东西走向。天时地利与人和,就在此时,卫文公率领卫国臣民开始了重建都城的伟大事业,可见这项工程的计划是十分周详的。

建设城市的同时,又种上榛、栗、椅、桐、梓、漆等多种树木,说将来树木长大,可以砍伐做琴瑟!琴和瑟都是礼乐的象征。十年树木,百年树人,立国之初就考虑到了将来能歌舞升平,可见卫文公是有深谋远虑的。他"升彼虚矣,以望楚矣",亲自登高望远,勘察楚丘地形,还"降观于桑",走到田地中考察采桑养蚕的情况。一系列的身体力行果然不负所望,"卜云其吉",在接下来的占卜中,连神灵都对卫国都城的重建给予了首肯。

"灵雨既零",是说时间已过渡到春季,春雨绵绵滋润着大地。从秋到冬再到春,卫文公都劳瘁国事。他"星言夙驾,说于桑田",披星戴月地赶往桑田,观察桑树的长势……展现在我们面前的是一个不辞劳苦、用心周全、力图复兴的明主风范。

今天北京的景山就是从这首诗得名的。景山原名青山,在元代时只是个小山丘;明代皇帝每年到这山登高祈福。等到了清朝的时候,顺治帝根据此诗的"望楚与堂,景山与京"将其改名为景山,一直沿用至今。用这一诗句中的"景山"作为山名,可见顺治帝当时也是倾慕卫文公的一番励精图治之心。只是后来顺治帝神秘早亡,可惜了当年的雄心壮志。

苍天不负有心人,很快,卫国就"騋牝三千"了。"騋"是高头大马,"牝"是母马,"三千"是泛指之数,表示很多。卫国的崛起有史可鉴。才几年时间,卫国在文公的管理下,就兵强马壮,有兵车三百乘了。那个时候,一个国家的实力是以兵车的多少来衡量的。大国才千乘,而一个小小的卫国,转眼间就有了三百乘,可以想见文公的中兴之效。又经过战国乱世,卫国尽管举步维艰,但却是一直到秦二世时才灭亡,是最后灭亡的周代诸侯国。

历史如此优待,许穆夫人和卫文公也该欣慰了。那个写《墙有茨》的"娱记"怎么也想不到是带给卫国耻辱的宣姜的儿女使自己国家国祚久长,他如知道了结局,还会不会写那篇文章呢?

《小雅·都人士》
彼都人士,狐裘黄黄
—— 城市中人风度翩翩

今天的时尚与流行是大都市引领的,《诗经》时代也一样。

《诗经》中关于城市中人穿衣打扮的描写非常突出,《小雅·大东》篇有"西人之子,粲粲衣服",《桧风·羔裘》篇有"羔裘逍遥,狐裘以朝"的诗句,鲜亮华贵的衣服衬托出城市生活的富贵典雅。《小雅·都人士》对城市中人服饰举止的描写最为细致、全面,紧紧把握了当时的流行脉搏:

彼都人士,狐裘黄黄。其容不改,出言有章。行归于周,万民所望。

彼都人士,台笠缁撮。彼君子女,绸直如发。我不见兮,我心不说。

彼都人士,充耳琇实。彼君子女,谓之尹吉。我不见兮,我心菀结。

彼都人士，垂带而厉。彼君子女，卷发如虿。我不见兮，言从之迈。

匪伊垂之，带则有余。匪伊卷之，发则有旟。我不见兮，云何盱矣。

那城市中人真叫酷！他们"狐裘黄黄"，穿着毛色光亮的狐皮大衣；"台笠缁撮"，戴着系黑丝带的斗笠或黑色布冠；"充耳琇实"，帽子上装饰的美玉在阳光下散发着温润的光泽。他们还"垂带而厉"，衣服是洒落的宽袍大袖，长长的腰带在风中飘动起来，真是如仙如画！

如今，这些画中的神仙姐姐、仙人哥哥都到哪里去了呢？

因为西周末年的变乱，宗周再也待不下去了，所以平王东迁到今天的洛阳。此诗是以都市男女服饰之盛感怀世事，寄托哀思。"彼都人士"穿的是贵重的狐裘，佩的是美玉，衣带翩然。他"其容不改，出言有章"，从容自若、博文知礼、言语雅致，内在的精神气质与外在的衣饰举止和谐统一。

更绝的是，诗中还写到了当时城市的流行发型："绸直如发""卷发如虿"。"绸直如发"是直顺的长发亮泽如丝；"卷发如虿"则是如前些年在女人中流行的翻翘发式，发尾向两侧外翻，高高翘起，就像蝎子的尾巴。这描绘好像是让我们看到了《诗经》时代的飘柔广告，动感直发和魅力卷发都风情无限。诗中那个叫"尹吉"的女孩各种造型都美到了极处，发型、服饰、佩件无不精巧绝伦，展示了城市熟女的"闷骚"韵致。

"行归于周,万民所望",那城市中人风度潇洒,如此可观可赏,他们生活的宗周令人心向往之,那城市中昌隆的礼仪更是生于乱世的人渴恋的。

这热烈地铺排赞美之后,诗的语气忽而一转:

我不见兮,我心不说。
我不见兮,我心菀结。
我不见兮,言从之迈。
我不见兮,云何盱矣。

这就是这首诗其中四段的四个结尾句。原来这一切的繁华都"我不见兮"!都是听人讲述、看书的描绘得来的。国家昔日的繁盛、国都中人曾经的风采,都如流水、落花,一去不复返了。

诗中所一再赞叹的"彼都"是哪里呢?是西周的都城宗周。一句"彼都人士",浸透了物换星移之叹,一下把对宗周的向往表露无遗。写这诗的人,可见是生活在东周的。

约翰·弥尔顿有"失乐园",失去的乐园才是最好的乐园吧?周人失去了宗周,以惋惜之情所刻画的城市就更加美好了——

真想重回旧日河山!我怎能不心痛?怎能不"我心菀结"?只能"云何盱矣",长长地叹息了。可这长长的叹息又是多么软弱无助啊!

宗周那乐园,我们是再也回不去了。

"雕栏玉砌应犹在",在哪里?

在诗里。

而一切良辰美景,已是"流水落花春去也,天上人间"。

《小雅·湛露》
厌厌夜饮,不醉无归
——觥筹交错的夜生活

早在大禹时代就有了酒。酒给人类的生活增添了许多情趣和色彩:既可以三五成群,热烈地痛饮,也可以"举杯邀明月",独自小酌。"酒入愁肠,化作相思泪",酒能塑造一个优雅缠绵的词人;酒入肝胆,能激扬你的雄心壮志;酒入情怀,能够浇灌出一个悲天悯人的圣哲。

与今天一样,《诗经》时代的都市夜生活也是觥筹交错的:

湛湛露兮,匪阳不晞,厌厌夜饮,不醉无归。
湛湛露斯,在彼丰草,厌厌夜饮,在宗载考。
湛湛露斯,在彼杞棘,显允君子,莫不令德。
其桐其椅,其实离离,岂弟君子,莫不令仪。

——《小雅·湛露》

空气中的水汽遇冷在草木上凝成的水滴，就是露。从夜露甚浓可知天气晴好，月朗星稀。因为只有云淡风轻时，大地白天吸收的热量才会很快散失，从而促使空气中的水汽凝结成露。诗中的欢宴是在夜间举行的，与今天一样，欢娱的宴会必至深夜。这时夜色已深，欢笑畅快，酒热难耐。踱步室外，只见户外芳草萋萋，建筑物四围遍植杞、棘等灌木，树上还挂满了果实。现在，一切都被笼罩在夜露之中，这意味着明天将是晴好的。

值此良辰，户外祥和静谧；户内杯觥交错，宾主尽欢。好一幅两千多年前的行乐图，真是盛世的繁华景象！

《诗经》中有相当一些篇章描写城市贵族的宴饮生活，足见其奢华铺张，他们在宴饮中欣赏着优美的音乐，席间是"清酒百壶""炰鳖鲜鱼"（《大雅·韩奕》），加之美轮美奂的宫室，透露出城市生活的繁荣。城市中贵族的夜生活是无比丰富的，"厌厌夜饮，不醉无归"，他们不醉到酣畅淋漓是不会回家的。虽然是痛彻畅饮，但却"显允君子，莫不令德""岂弟君子，莫不令仪"。这些君子饮酒的姿势是非常优雅、符合礼仪的。因这欢洽的盛筵"在宗载考"，是为宗庙典礼准备的，是为了增进与会者之间的情谊。《左传》曾记载："昔诸侯朝正于王，王宴乐之，于是乎为赋《湛露》。"由此看来，《湛露》一诗应是在都城中最华丽的宫殿，周天子设宴招待诸侯时演奏的音乐，曲调是悠扬而又和乐的。

人生如朝露，盛筵不常在。"莫使金樽空对月"是古来饮者共同的心愿，只是难得如《诗经》中这般典雅地饮酒，悠扬

/ 诗经：万物皆有情 /

地唱"雅"歌。《诗经》中的酒，若细细品来，可以说篇篇有故事，其所歌颂的是谦恭揖让、从容守礼的道德风范以及宾主之间和谐融洽的关系。对于纵酒失德和无节制的狂饮，则要根据有关的礼仪规定予以揭露和告诫。《小雅·宾之初筵》具体详尽地描绘了一幅盛大的酒宴图：

宾之初筵，左右秩秩。笾豆有楚，殽核维旅。酒既和旨，饮酒孔偕。钟鼓既设，举酬逸逸。大侯既抗，弓矢斯张。射夫既同，献尔发功。发彼有的，以祈尔爵。

籥舞笙鼓，乐既和奏。烝衎烈祖，以洽百礼。百礼既至，有壬有林。锡尔纯嘏，子孙其湛。其湛曰乐，各奏尔能。宾载手仇，室人入又。酌彼康爵，以奏尔时。

宾之初筵，温温其恭。其未醉止，威仪反反。曰既醉止，威仪幡幡。舍其坐迁，屡舞仙仙。其未醉止，威仪抑抑。曰既醉止，威仪怭怭。是曰既醉，不知其秩。

宾既醉止，载号载呶。乱我笾豆，屡舞僛僛。是曰既醉，不知其邮。侧弁之俄，屡舞傞傞。既醉而出，并受其福。醉而不出，是谓伐德。饮酒孔嘉，维其令仪。

凡此饮酒，或醉或否。既立之监，或佐之史。彼醉不臧，不醉反耻。式勿从谓，无俾大怠。匪言勿言，匪由勿语。由醉之言，俾出童羖。三爵不识，矧敢多又。

诗中描绘主宾们按照酒礼仪式，在钟鼓交响的奏乐声中"举酬逸逸",一边饮酒,一边射箭,观听歌舞,祭祀祖先。起初客人们都"温温其恭",孰料酒酣之后,却违礼失仪,"不知其秩"了。所有的宾客都烂醉了,有的号叫,有的喧闹,杯盘狼藉,乱成一团。所以诗中特意提到了"既立之监,或佐之史",即在宴会上设立酒监,以便在宴席间监督防止饮酒无度,有失体统。

酒性,其实就是人性。

古希腊的酒神精神,其中的生命意识至今仍使人类醺然不已。中国古人对于酒,大约有许多纵酒乱性的历史记忆,于是理性高于感性。在中国禁止出国展览的超级国宝中,有一件楚国的酒器,是用来放置酒杯的,竟然叫"禁",可见对于酒的恐惧与防范,到了什么地步。相传一个叫仪狄的女人曾向大禹献酒,大禹饮后逐渐上了瘾,有一段时间连朝政都懒得管了。大禹意识到这样会误事,便决定禁酒。从有文字记载的历史看,商代的人已经是嗜酒成风,由于商纣王"酒池肉林",荒淫无度,最终招来了亡国杀身之祸。周代建国初期,为了防止纵酒之风继续蔓延,被孔子尊奉为圣人的周公特意发布了一篇严禁纵酒的诰令——《酒诰》,被收录在《尚书》里,从中可以看出周人防患于未然的政治眼光。对周公梦寐以求的孔子,在《论语·乡党》篇中,对于饮酒,也曾这样谈过:"唯酒无量,不及乱。"意思是说饮酒不限量,但却不要醉得胡作非为哦。

《郑风·出其东门》
出其东门,有女如云
——最繁华处在东门

中国古人讲究方位。在先民的心中,日出的方向——东方具有无限生机、温暖,因此成了繁荣与朝气的象征。从考古发掘材料看,先秦时期的城市中不仅有宫殿区、居住区,还有手工业区和商业区,城的东部更是商业发达、人们休闲娱乐的好去处。这种审美方位一直影响到后来的城市建设,中国古代城市的繁华区都在东门。

春秋时代郑国的东门在历史上就很有名:春秋末年,孔子来到郑国,和弟子们走散了,他独自在郑国国都的东门等着和学生们会合。后来,弟子子贡问一个郑国人见没见到自己的老师,郑国人答:什么老师啊?就是东门那个惶惶然如丧家之犬的家伙吗?"丧家之犬"这个成语由此诞生。郑国国都有多个城门,孔子之所以会在东门等着学生,就是因为东门是人来人往最多的繁华所在。这件事,足以让郑国的东门载入史册了。

《郑风·出其东门》更是直接描绘了当时郑国都城的东门外群众聚会的热闹场面：

出其东门，有女如云。虽则如云，匪我思存。缟衣綦巾，聊乐我员。

出其闉阇，有女如荼。虽则如荼，匪我思且。缟衣茹藘，聊可与娱。

两千六百多年前的某一天，郑国国都的东门热闹非常，几乎所有没有婚配的少女都倾城而出，来到了这里。她们打扮得花枝招展，直让男人们看得心旌摇曳，那场面可以说盛况空前。诗中这个"出其东门"的日子，虽然没有明言是哪一天，但我想应是法令准许的"仲春之会"，也就是政府主办的"鹊桥会"。一般男人这个时候都乐不可支了，面对如此众多的美女，纵然是顽石，也不免怦然心动了，可诗中男子却深沉地唱：

我走出了东城门外，那儿有无数美丽的女孩，美得就像天上的云彩。虽然她们明艳得像天上的云彩，却不是我心中所爱。只有那个穿着粗布白衣，戴着青色佩巾的女孩，才能带给我快乐。

走出曲曲折折的城楼，那儿有无数美丽的女孩，就如白茅花般精巧优雅。虽然她们美如白茅花，却不是我心中所思。只有那个穿着粗布白衣，戴着暗红色佩巾的女孩，才能为我带来无穷的欢喜。

弱水三千，我只取一瓢饮。

中国历史上情诗无数，但赞男人专情的却寥寥，而以男子为第一人称来表达坚贞爱意的就更少。郑国的东门见证了这个见色不迷的男人心，在信步东门，目击了"如云""如荼"的美女时，他也眼前一亮，但却未曾迷心。面对如云彩般众多的美女，寻常市井少年都去紧随芳踪了，可诗中的男子却另有所爱，时刻想念着"缟衣綦巾"的那个女孩。从衣饰上来看，这女孩不是贵族，而是一位家境贫寒的少女。也许她比不上这些如云如荼的女孩漂亮，但那男子就是对她情有独钟。"聊乐我员"的"员"只是语气词，没有实意，但《诗经》中的语气词都不能小觑，因这些虚词，诗中的情感更丰厚了一层。"聊"字更妙，似乎是没有什么，又是舍她无人。诗句虽只是淡淡言说，却郑重地表达了这爱是唯一，也是全部。诗以城市东门云集的女子陪衬自己心中的爱人，表现了心中情感的深刻，体现了诗人用心之妙。

郑国地处中原，为天下之枢户，是城市文明极其发达的地域，今天横亘于河南中部平原上的郑韩故城，地面所遗存的城墙仍连绵数十里，郑国在此建都长达三百九十多年。《郑风》共收录二十一首诗歌，是十五《国风》中收诗最多的一国。在《诗经》时代，"国"的含义，不仅指一国之疆域，也指国都；而"邦"的本义为建立土界，后引申为"家国""城邦"，是城市。据说"国风"原来叫"邦风"，因为刘邦的缘故，避讳而改成"国风"。我们可以注意一下在《郑风》中常出现的一些语词：

"馆""巷""东门""城阙""君子""士",这些与城市有关的人与物,反映的显然是春秋时期的城市文化生活。

通读《诗经》,隐约透出城市的空间背景,很多爱情诗就是写在城市的空间背景下:《邶风·静女》中那个娴静美丽的女子"俟我于城隅",在城边的角落等着自己心爱的人;《郑风·子衿》中"挑兮达兮,在城阙兮。一日不见,如三月兮",把一个多愁善感的城市少女对学子的深深爱恋真切地表达了出来。而城市的东门,因人们更多流连,有最丰富的世俗生活,所以故事也最多。《诗经》中多次出现了"东门"意象,如《郑风·东门之墠》《郑风·出其东门》《陈风·东门之枌》《陈风·东门之杨》等。东门,也因此成了青春之门、爱情之门。
东城渐觉春光好……

第七章
洵美且仁 ——《诗经》中的男人

男人的美是一个难题。

因为男性美所涵盖的意义太丰富了。潘安那样的美男仪容风度是美，周公的个子虽太矮、伊尹虽然没有胡须，但是在历代中国人心目中，他们仍然是美的。

《诗经》中的男人们更是美得五花八门：有肌肉发达的猛男，有文质彬彬的君子；有忧愁忧思的思想者，也有清纯的学子。他们都是女人们心之所系！他们也以一双审美的眼睛注视着女人，所以《诗经》中的女人们才无比精彩。

《郑风·叔于田》
叔于田,巷无居人
——男人的力与美

中国历史上赞美男人常说"玉树临风"。玉象征的是一种温雅之美,这显然是走出石器蛮荒时代、进入人文文化的一种审美观。其实,在人类的早期,男性的美都是和力量联系在一起的。在中国古代神话中,男性形象就是非常阳刚的,如怒触不周之山的共工、一连射掉九个太阳的后羿、与太阳赛跑的夸父,都呈现一种力的美。即便是进入人文时代,在男性美中,力的因素仍然受到重视。《诗经》中不仅浓墨重彩地描述了女性美,也大秀了男性的阳刚美:

叔于田,巷无居人。岂无居人?不如叔也。洵美且仁。
叔于狩,巷无饮酒。岂无饮酒?不如叔也。洵美且好。
叔适野,巷无服马。岂无服马?不如叔也。洵美且武。

——《郑风·叔于田》

"田"在古汉语中是打猎的意思。古人以伯、仲、叔、季排行,叔指老三。《诗经》中常常提到"伯""仲""叔",相当于今日的"大哥""二哥""三哥"之称。"叔于田"描述"叔"外出打猎,"巷无居人"了。"巷无居人"有两种可能的解释:一是这男人是他们国家的 superstar(超级明星),就像今天的天王巨星出行一样,这男人去打猎,万人空巷都去追星,去欣赏这男人的英雄风采了;二是女子爱极了这男子,男人去打猎了,里巷中人虽多,只是他们和"叔"比起来不值一提,她就目无一人。我个人比较认同第二种说法。

这首诗的开篇就设下悬念,叔去打猎,巷子里就没有人了,怎么回事?种种悬疑,吸引你看下去。"岂无居人?不如叔也。"哦,原来里巷之中是有人的,只不过和"叔"一比,差距咋那么大呐,他们都可以忽略不计了,"叔"是国内第一酷帅!

诗的二、三节继续渲染了仰慕之情,"叔"去打猎了,巷中饮酒之人、骑马之人也不存在了,原因当然都是他们没"叔"那么帅啊!文中接着夸耀,"叔"不但酒量无双,驾车技术也一流。再把"美且仁""美且好""美且武"三个光环加在"叔"的身上,"叔"不仅相貌俊朗、体魄强健,还宅心仁厚。而一再感叹的"洵美"二字,我们在《诗经》中也经常遇到。也许这是因为《诗经》中的作品,虽说采自各国,但那时已经有了比较通行的雅言,精通雅言的采诗官,对于作品又有一番修饰的功夫,于是在语言上有了整齐的趋势吧。

作者对"叔"的夸奖,虽然有些煽情,却显得真挚,让人

感觉到发自内心的爱慕。这人不用说,必然是"叔"的"铁粉"了。可见,相貌、气质俱佳的男人在任何时代都像今天的明星一样受人追捧,拥有很多的"粉丝"。

"叔"到底帅在哪里?

诗中没有具体描述,只表达了自己对"叔"的热烈情感。这不免引起了读者们强烈的好奇心——"叔"到底是谁?我们也想见见"叔"啊,天王巨星谁不喜欢呢?!

《诗经》的编者满足了读者的好奇心,《郑风》紧接着这首《叔于田》的就是《大叔于田》,详尽描绘了"叔"的风采:

叔于田,乘乘马。执辔如组,两骖如舞。叔在薮,火烈具举。襢裼暴虎,献于公所。将叔无狃,戒其伤女。

叔于田,乘乘黄。两服上襄,两骖雁行。叔在薮,火烈具扬。叔善射忌,又良御忌。抑磬控忌,抑纵送忌。

叔于田,乘乘鸨。两服齐首,两骖如手。叔在薮,火烈具阜。叔马慢忌,叔发罕忌,抑释掤忌,抑鬯弓忌。

"乘乘马""乘乘黄""乘乘鸨",第一个"乘"是动词,驾车的意思;第二个"乘"是名词,四匹马拉的车称为一乘。"黄"指黄色的马,"鸨"是黑白杂色的马。古代打猎和打仗类似,都驾车而行,诗的开篇对车马的描述就渲染出了打猎的气势。

每节的三、四句都是描绘"叔"驾车的酷酷姿势,他"执辔如组",把四匹马的粗大缰绳总拢一起拿在手中,那缰绳竟像丝线一般柔软。车两边的"骖马"同中间的"服马"跑起来协调一致，就像跳舞一样整齐。"如舞"两字中包含着动感、整齐感和韵律感，"如手"是说两边的骖马奔跑起来就像人双手一样一左一右，运用自如，把叔驾车的动作写得同图画、音乐、舞蹈一样，到了出神入化的地步。

下面"叔在薮，火烈具举""火烈具扬"，将"叔"放在了一个十分壮观的背景之中。这是一次围猎，三面烧起了熊熊大火，猛虎被堵在了水边。"襢裼暴虎"，"襢裼"是赤裸上身的意思；"暴"是空手与野兽搏斗。"叔"脱去了上衣，一身的肌肉和刚毅果敢的面庞被火光映红了，也照亮了将要拼死的困兽。我们好像走到了古罗马的斗兽场一样惊心动魄。结果呢？"献于公所"，"叔"赤手空拳打死了猛虎，而且扛起来献到了君王面前。

"叔"是《诗经》时代的武松啊！他比武松还高一筹！武松是在醉中打虎，是在恐惧之下用力过猛把老虎打死。而"叔"却始终处于清醒中，因而也更勇敢！最后诗人还一腔柔情地劝告大叔："将叔无狃，戒其伤女。""狃"是习以为常的意思，"叔"啊，请你不要因为常与猛兽搏斗就太大意哦，当心老虎伤着你。诗人爱"叔"的勇猛善斗，更爱"叔"本人的生命，所以在赞誉之后，才有这温柔的叮咛。

第二节中还夸赞叔"善射""良御"，显示了"叔"射箭、驾车技能的娴熟。在追捕猎物时，既要求射技高超，又要求能熟练地驾驭车马。在驾驭中，不是匀速跑，而是要随着野兽的

/诗经：万物皆有情/

行动而调整方向、速度等。"纵送"就是纵马奔跑；"控"指马在行进中骑手忽然将它勒住，这时马便会头朝后，前腿抬起，人则弯曲腰身，姿势如石磬。所以才有"磬控"一词。这姿势之美，宛如那经典雕塑"掷铁饼者"。

最后一节是收猎时的姿态，写收场的从容："叔马慢忌"，马的速度放缓下来；"叔发罕忌"，野兽渐少，也不再射箭。"抑释掤忌"中"释"是打开，"掤"是箭筒，打开箭筒把剩余的箭都放回去；"抑鬯弓忌"中，"鬯"是弓袋，在这里活用作动词，将弓放如袋中。这两个动作表明，打猎已经结束了。"叔"在打猎结束时从容收了弓箭，以其悠闲之态，显示了"叔"有张有弛的英雄风度。诗中一再用到"抑"字和"忌"字，都是语气词，没有什么实际意义，但却因押韵需要给诗增添了许多情致。同音同韵，念起来有步调从容不乱的形式感，让我们体会到"叔"的风度美。

《毛诗序》认为，《叔于田》和《大叔于田》所歌唱的都是同一个人，就是郑庄公的弟弟公叔段。

这还要从郑武公说起。

郑武公乘护送周平王东迁之机，扩张了郑国版图，而后又推行"武公之略"：释放商奴，发展工商；开发滩涂，发展农桑；兴建乡校，教化民众；加固京城，扩建城邑。这为郑国四百多年的基业奠定了坚实的基础。郑武公娶了申侯之女武姜为妻，生下了庄公和公叔段。

庄公因出生时难产，所以他母亲很不喜欢他，给他起名叫"寤生"。

"寤生"是难产的意思。历史上恐怕只有郑庄公一个人的名字叫"难产"吧？这名字一定从小就给他带来了无数尴尬与难堪。女人的通病是最爱小儿子和大孙子。武姜十分喜欢公叔段，武公在位时，她就曾几次建议武公立公叔段为太子。武公耳根子不软，没有听老婆的。武公死后，年仅十五岁的寤生即位，称郑庄公。

郑庄公即位后，母亲武姜马上就请庄公给公叔段封地，两番周旋之后，庄公把公叔段封在了京地。公叔段少年英俊，很有勇力，京城臣民都很爱戴他，称他为"京城大叔"。公叔段在京地经营多年，一日日骄纵起来。庄公明知弟弟扩张势力，有违礼制，却一次次缄口不言，直到公叔段与母亲武姜勾结，出兵反叛，想取庄公而代之，庄公才出手痛击他，将他赶到了共地。这就是《左传》所记《郑伯克段于鄢》的故事。

《左传》的作者并未偏袒他们兄弟中的任何一个。因为母爱的失衡，才使得庄公深以为恨，积怨至深。但庄公实在太不善了，当弟弟有了不当行为时，他从未提醒、规劝，而是一步步促成弟弟走向了绝路。

庄公虽是个不善的兄长，却是个英明的君主。历史上的圣明君主大抵如此！郑庄公治理郑国时，是郑国的极盛时期。武公和庄公的统治，为《诗经·郑风》中一篇篇优美诗歌的诞生奠定了丰厚的物质和文化基础。

《叔于田》和《大叔于田》都反复谈到了"叔"不仅有极

致的阳刚美,还有非常可贵的"仁"的品德。诗中对大叔段的赞美集中在"美且仁""美且好""美且武"三个方面,这样的男子汉在当时可不多见。然而,他的命运最后竟被他的哥哥葬送了。

《毛诗序》的说法是否可信,我们无法证明。

这样一个英武的男子汉形象,可惜现代说诗者往往都忽略不谈,因为他们太喜欢《诗经》里男欢女爱的美丽与哀愁了。从这两首诗中我们了解到,男人"力与美"的魅力除来自肌肉外,还来自内在的精神面貌和潜在的气质。这阳刚之美若凸显出来,对今天男人女性化、女人男性化的审美观一定是一种冲击。

《王风·黍离》
行迈靡靡,中心摇摇
——《诗经》里的屈原

《黍离》是影响我人生方向的诗。

读本科的时候,听别校同学吹他们有个讲《中国诗学》的老师是如何有才,我就好事地跟去听讲。那一堂课,老师恰好讲到"黍离之悲"。讲到激情处,老师唱了起来:

彼黍离离,彼稷之苗。行迈靡靡,中心摇摇。知我者,谓我心忧;不知我者,谓我何求。悠悠苍天,此何人哉?

彼黍离离,彼稷之穗。行迈靡靡,中心如醉。知我者,谓我心忧;不知我者,谓我何求。悠悠苍天,此何人哉?

彼黍离离,彼稷之实。行迈靡靡,中心如噎。知我者,谓我心忧;不知我者,谓我何求。悠悠苍天,此何人哉?

——《王风·黍离》

/ 诗经：万物皆有情 /

原来《诗经》还可以唱！我就是在那一刻决定报考研究生的，想专力研究《诗经》。

想当年，周幽王为博美人褒姒一笑，玩起了"烽火戏诸侯"的游戏，葬送了大好江山。因为连年战乱，周王朝的都城宗周被兵火破坏得不成样子，加上为了躲避犬戎的骚扰，周平王便迁都到洛阳。东迁后的平王一度要靠郑、卫等国接济度日，北边还要靠秦国帮助防守犬戎。东周再也没能恢复周王朝昔日的风光，周天子只是名义上受诸侯拥戴，实力还不如一些诸侯。

平王东迁后，一位朝中大夫出差经过周王朝曾经的都城宗周，目睹昔日的繁华变为禾黍离离的景象，再联想到周天子由天下共主沦落为诸侯同列，不禁悲从中来，赋出这首《黍离》。

据《史记》记载，西周初年，原商朝的大夫箕子被周王室远远地打发到朝鲜去做诸侯，临行之前，箕子去宗周朝拜，经过商朝的故都朝歌，看到宫室毁坏，原来繁华的王都成了一片废墟，还长出了禾黍。箕子伤痛不已，创作了《麦秀之诗》："麦秀渐渐兮，禾黍油油。彼狡童兮，不与我好兮！""狡童"指的是商纣王，这首诗隐晦地用故都宫室化作农田，新种的粮食绿油油，来感叹世事变迁，抒发内心的悲伤。商朝的遗民听了，无不痛哭流涕。

有鉴于此，西周开国之初的统治者早就说了，"殷鉴不远，在夏后之世"。只是子孙饱暖久了，生出的只是淫欲，不是英气，早忘了这深重嘱托，周王朝也朝将不朝了。感慨今昔之变，诗人侬箕子的《麦秀之诗》诗题，唱出了"黍离之悲"。

历史在这里重演，连诗人所感叹的都是如此相似：

诗一开头写出了一幅欣欣向荣的景象："彼黍离离，彼稷之苗"，"黍"是今天说的黄米；"稷"，有说是小米，有说是高粱，反正是常见的农作物。"离离"是茂盛的意思，也暗含形容庄稼一行行十分整齐。庄稼长势喜人啊！这景象一般人看了会欢喜无比，但诗人感受到的却是"行迈靡靡，中心摇摇"。因为内心的强烈冲击，他的腿软到迈不动步，越走越慢——

昔日都城的繁盛荣华都已消失，只有一片郁茂的黍稷尽情地生长。愈是春意盎然，愈是见出作者心中之冷：宫阙万间都做了禾黍的肥料。也许偶尔还传来一两声野雉的哀鸣，田间还蹿过一两只野兔。此情此景，怎能不心痛？

那么，导致这种剧变的原因是什么呢？

诗人心里马上被唤回到当年那个烽火戏诸侯的年代。失国之恨耿耿难消！

唉，"知我者，谓我心忧；不知我者，谓我何求？"我忧什么呢？思往事，忧今朝。只不过别人不理解我这种忧愁，还以为我别有所求。古诗十九首咏叹的"不惜歌者苦，但伤知音稀"，也就是此情此景的隔代感叹吧？

"悠悠苍天，此何人哉？"他不由仰头问苍天，"我是谁？"要承受如此这般痛苦？世人皆醉我独醒啊！"悠悠"是遥远的样子，天空一片苍茫，在这遥远而不可即的天空下，亡国之人的无依无靠、孤苦伶仃越发显现出来。"此何人哉"的一再重复，使孤独感在重复中越来越重了。

　　此诗怀古伤今,故都城阙、宫殿已完全被禾黍所取代,愈是绿色离离,愈见出昔日繁华的瓦裂。古人早就读出了《王风》所收十篇诗的悲凉之叹,李白就说过,"王风委蔓草,战国多荆榛"。特别是《黍离》一诗,历来被视为悲悼故国的代表作。

　　千载以来,每当家国变乱之时,"黍离之悲"就起。庾信刚刚唱过《哀江南赋》,杜牧又道"商女不知亡国恨,隔江犹唱后庭花",李煜《虞美人》的"雕栏玉砌应犹在,只是朱颜改",更是把家国之痛演绎得千古震动。"黍离"早已作为一个经典象征而成为故国之悲的代名词。

　　生活中,我们很少看见男人流泪,难道男人没有悲伤?还是他们情感麻木呢?

　　男儿有泪不轻弹,只因未到动情处。

　　《黍离》中的男人,一个人踽踽独行在茂密的黍稷田旁,不知他何所来?不知他何所往?

　　只见他不时仰望着高远的苍天,似乎有无数的郁闷想要述说。可是,始终没有听见他说出来,他只是在心里慨叹。

　　他究竟是谁?读者要问,连诗人自己也在问"此何人哉?"却得不到任何回答,只有独自黯然垂泪,任那亡国之痛一泻千里。

　　诗中这男人的心智高于常人,也正因此,他的痛苦也多于常人。他是一个孤独的思想者。

　　"国无人莫我知兮"是屈原《离骚》中的句子,屈原也是这样的孤独者。《黍离》中的这个男人,就是《诗经》中的屈原。

《黍离》所展现的男性美是深沉的思想之美,是为家国兴衰真诚流露的忧思之美——曾经辉煌的王朝,已如美人迟暮;鼎盛的人群,而今已如鸟兽散去,独有我踟蹰在昨日光辉的遗迹上。从"中心摇摇"到"中心如醉""中心如噎",诗人心中的忧愁和焦虑随着时光的推移而不断加剧。

这大男人的哽咽,让人心疼!

第七章 洵美且仁——《诗经》中的男人

《陈风·月出》
月出皎兮，佼人僚兮
——最会审美的男人

月亮代表我的心。

无数古人，无数次与月亮交流、互动，沉淀到今日，才有了这句经典的言情语：月亮代表我的心。

面对皎洁的月光，人们萌生过许多奇异的想象，创造出许多美丽动人的神话故事。对月怀人、月夜幽思，是我国古典诗歌中常见的主题。那么，是谁第一个用含情脉脉的审美眼光观照了月亮？又是谁第一个从那冰冷的清辉中发现了温情的诗意？还是谁第一个把它从远在天边拉近到字里，贴近人们的心灵？更是谁第一个把自己心爱的女人比作月亮？

《陈风·月出》的作者就是中国文学史上抬头望月的第一个男人：

月出皎兮，佼人僚兮。舒窈纠兮，劳心悄兮。

月出皓兮，佼悧人兮。舒忧受兮，劳心慅兮。
月出照兮，佼人燎兮。舒夭绍兮，劳心惨兮。

诗人思念他的情人，是从看到冉冉升起的月亮开始的——

月亮出来皎洁明亮，那美人姿容姣美。身材窈窕身姿妖娆，让我思慕心烦忧！
月亮出来洁白光亮，那美人姿容妩媚。身姿娴雅步态轻盈，让我渴慕心烦忧！
月亮出来光芒普照，那美人风姿绰约。身姿撩人步态优美，让我痴恋心焦躁！

皎洁的明月，辉映着诗人心目中的女神，赋予她如嫦娥仙子般动人的美色。月光和美人交相映衬，使女子的容色之美与体态之美，融入朦胧月色之中，给"佼人"增添了一层神秘感。唯有月光和美人，可以相映生辉；也唯有美人与月光，可以相得益彰。诗中用来描写"佼人"的文字，全是抽象的，并不是具体的画像。"佼人"的眉目，并不清晰；但其美丽却如明月一样光耀千古。仙姿摇曳的月下美人，若隐若现，与朦胧的月色一起，构成了一种扑朔迷离的神秘境界。

清代方玉润的《诗经原始》说此诗"从男意虚想，活现出一月下美人"。"虚想"二字评得好！这月下女子的美，完全是男人在心灵深处培育的花朵，开得既艳丽又不食人间烟火，不得

不承认这是那男人用自己的才情和思念喂哺出来的。只有在男人远远观望的目光中,心驰神往的距离里,女人才能如此之美。

明月与美女相映衬所构成的意象与境界,还可以激发人们丰富的联想——那男子的心上人,此刻也许近在咫尺,但在这朦胧的月光下,又似乎离得很远很远,真是"美人如花隔云端"(李白《长相思》);我们还可以想到,这位姑娘之所以值得爱慕与追求,不仅因为她有如花似月的美貌,还在于她有明月般纯洁的心灵。而这位姑娘虽然像月亮一样美丽,但却像天上的月亮一样可望而不可即。

用明月比喻心爱姑娘的美丽,在我国文学史上,《月出》可算是最早的一篇了。

诗人通过刻画"佼人"的美比照出诗人的痴情,让人觉得情之所发,合乎自然之理。诗中的"劳心"即是忧心,"悄""慅""惨"虽只三字,却言有尽而意无穷。这忧思、这愁肠、这纷乱如麻的方寸,都是在前三句的基础上产生的,都是由"佼人"月下的倩影诱发的,充满求之不得的怅恨。

赋《月出》的男人,就如《红楼梦》中的贾宝玉,对女人,是真心实意的珍爱。

月儿与人的关联,自《月出》开始,受到了人们的广泛关注,月亮成了人的感情寄托,人也因为月亮更加感性。《西厢记》中张生和莺莺心种情愫的那一刻便是在月夜听琴,那时节"玉宇无尘,银河泻影。月色横空,花阴满庭",是充满诗情画意的月色引动了双方的爱慕之心。

以明月寄情的诗在中国文学史上可谓比比皆是。望月而怀远、见月而伤情，是古典诗词中一个常见的情结——《古诗十九首》有"明月何皎皎"，李白《静夜思》有"举头望明月，低头思故乡"，张九龄《望月怀远》有"海上生明月，天涯共此时"……苏轼《水调歌头》"但愿人长久，千里共婵娟"的词句，更成为千百年来人间最美好的祝愿之辞。

把《诗经》三百零五篇放在一起通读，读到《月出》，必会生出诧异，因其用字用韵与其他诗篇大不相似，不似《诗经》，更类《楚辞》。与迷茫的意境和惆怅的情调相适应，《月出》的语言是柔婉缠绵的，通篇各句皆以语气词"兮"收尾，这在《诗经》中并不多见。"兮"的声调纤曲、悠长、深情，连续运用，正与无边的月色、无尽的愁思相协调，使人觉得一唱三叹，余韵无穷。这"兮"字，正是《楚辞》中最常见的抒情字眼。《月出》是《陈风》中的篇章，陈地与楚地接壤，后来为楚所灭。《诗经》中的大部分诗篇是产生于北方中原地区的，《陈风》却是南方的诗。是因为南方的男人更多情，所以才能"虚想"出一个魅力无限又仙气缥缈的美女？

诗中用来形容体态的"窈纠""忧受""夭绍"，都是声母或韵母相同的连绵词，读起来有一种朦朦胧胧、缠缠绵绵的特殊美感，产生了回环往复、连绵不绝、牵人情怀的艺术效果。其实，这些词意的细微差异，在现代汉语中已很难说清了，我们只能根据全诗的意境和情调去心领神会。这也恰巧可以发挥我们的想象，填补时间流逝所造成的语义真空。

《月出》中的文字略有些拗口,现代的人们读它会觉得有些费解,但曾几何时,那时的人们也如我们唱"月亮代表我的心"那般唱着它,我相信,唱着它的那个男人的目光中一定写满了月色,心驿动着……

《秦风·小戎》言念君子,温其如玉
——我爱的男人像美玉

读过《红楼梦》的人都知道,贾宝玉是衔玉而生的,那块"通灵宝玉"是贾宝玉的命根子,他得之则安宁,失之则丧魂。曹雪芹用神来之笔,揭示了"玉"对于中国男人的意义。

中华民族爱玉的情结可谓源远流长。考古学上早已证实,早在距今七千多年前,玉石制品就已经存在于先民的生活中。美玉那种圆润光滑、色泽柔和、温凉适中的特有质地,给人的感觉是温馨、宁静、和谐的,常用来比喻最崇高的品德。《礼记·玉藻》中说"君子无故玉不去身",要求君子时刻佩玉,用玉的品性来要求自己。美玉,已经被道德化了。正是在这种"玉文化",准确地讲,应是"玉道德文化"的氛围下,才会有《诗经》中那令人思慕不已的如玉般温厚、高尚的男人:

小戎俴收,五楘梁辀。游环胁驱,阴靷鋈续。文茵畅毂,

驾我骐馵。言念君子,温其如玉。在其板屋,乱我心曲。

四牡孔阜,六辔在手。骐駵是中,騧骊是骖。龙盾之合,鋈以觼𬘘。言念君子,温其在邑。方何为期?胡然我念之。

俴驷孔群,厹矛鋈錞。蒙伐有苑,虎韔镂膺。交韔二弓,竹闭绲縢。言念君子,载寝载兴。厌厌良人,秩秩德音。

——《秦风·小戎》

这首诗中有无数繁难字,如"游环胁驱,阴靷鋈续。文茵畅毂,驾我骐馵""骐駵是中,騧骊是骖。龙盾之合,鋈以觼𬘘""俴驷孔群,厹矛鋈錞。蒙伐有苑,虎韔镂膺。交韔二弓,竹闭绲縢"。挨个儿解释的话,读者会烦,我也很累。你只知道这是一而再、再而三地描画战车、战马及兵器的精良华美就够了。

春秋诸国,各有自己的时尚。秦国的时尚就是从军打仗,当保家卫国的兵哥哥。所以,这首《小戎》才津津乐道于秦国军队的装备精良。诗先写兵车,继写战马,再写兵器,进而反复地渲染其华贵、精美。诗中虽未明言心上人的仪容,但这女子所爱慕的对象却已威仪棣棣,宛然在目。他既英武高贵,又温其如玉,这样一个人物形象带有后世儒将的特征。在盛大的军容和森严的兵阵中,却点缀了这样一句经典的言情之语:"言念君子,温其如玉",让肃杀的氛围中增添了一丝红粉的色彩。

刘向《说苑·杂言》记述说:玉有六种美德,所以君子非常喜爱它,并且作为自己的人生启示。远看它温和滋润,有似君子的品德；近看则纹理严密，象征着君子的智慧；宁可折断也不弯曲，好比君子的勇敢；无论怎样毁坏，它也绝不柔弱；它的棱角分明，但是却不伤人；有瑕疵也露在外面，让人一目了然。玉一般的男人，是既温文尔雅又聪慧坚忍的。"言念君子，温其如玉"就是赞美那男人有玉一样高贵的品质。玉的光芒是凛于内而非形于外的：雍容自若的神采，豁达潇洒的风度，不露锋芒，不事张扬，无偏执激狂，生命的状态圆润又方正，这正是一个成熟男人的风采。

思念都是和痛苦连在一起的。男人出征在外，"方何为期"？几时才能回家来呢？"胡然我念之"，叫我怎能不心焦？这女子想自己男人想得"载寝载兴"，辗转难眠，一忽睡下，一忽起来，白日里思念如骨鲠在喉，夜晚又入梦来。这位女子虽因所爱的男人远在战场而心事纷乱不安，却毫无怨言，其情调与后来中国古典诗词中那些思妇的断肠之曲大异其趣，而溢出阵阵阳刚之气。诗中虽叙写了思念的深切，但更多的却是对所爱恋男子的赞美，并以此来加深思念的深度。尤其是结尾一句"厌厌良人，秩秩德音"，凸显了整个社会对她所爱恋男子的高度评价，这女子也以此为慰藉。这是一个多么通情达理、深明大义的女人啊！而从《小戎》这女子的心态中，我们可以感受得到，她虽珍视自己的爱，心中却是以家国天下为重。她期待着自己的男人建功立业，胜利归来。

近三千年了，昔日的金戈铁马、英雄豪杰，都已化作了灰土，随风湮灭，即使偶有遗留下的兵车、兵器从地下现身，也

只能陈列在博物馆,隔着厚厚的玻璃,缄口不言。而这位秦地女子的情歌和她心中如玉的君子,依然活在永远魅力无限的文字里,诉说着一段既缠绵至深又优雅端丽的爱情。

《郑风·子衿》
青青子衿，悠悠我心
——乱我心的那一个书生

流传至今的古代爱情故事中，男主角大多是书生。《西厢记》中的张生、《牡丹亭》中的柳梦梅、《桃花扇》中的侯方域……尽管在这些爱情故事中都是女性的形象更光辉些，但能使这些精彩女人心灵有所托的，不是什么政客、商人，而是书生。

在古代，书生有个代称，叫"青衿"，语出《诗经》：

青青子衿，悠悠我心。纵我不往，子宁不嗣音？
青青子佩，悠悠我思。纵我不往，子宁不来？
挑兮达兮，在城阙兮。一日不见，如三月兮。

——《郑风·子衿》

"衿"是衣领，"子"是古代对男子的尊称。《毛诗训诂传》中注："青衿，青领也，学子之所服。""青青子衿"描

/ 诗经：万物皆有情 /

画了一个衣领是青色的年轻学子;"佩"是系佩玉的绶带,"青青子佩"是说那男子的绶带也是青色的。这是用那男子身上的衣饰指代男子本人。热恋时,人的注意力常常奇怪地集中在一些并不重要的地方。"青衿"可能是那男生制服的特别之处,也可能并无出奇,只是那女孩为之倾注了过多的柔情而已。"悠悠我心",显见的是为那男人心旌摇荡。这里没有一句你情我爱,却将思念与娇嗔表达到了淋漓尽致。

这是一个陷入爱情的女人,正在城门楼旁等着她的情人,她望眼欲穿,就是不见情人的踪影,着急地来回走动,埋怨道:"纵我不往,子宁不嗣音""纵我不往,子宁不来",说我一个女人家,不好意思去见你,你怎么不找个借口来看我,或是给我捎个信儿呢?

"挑兮达兮,在城阙兮",这女孩在城门楼边搔首踟蹰。这给了我们一个印象,似乎她和情人已经分开很久了。是那男子负了她?读诗的我们很为她心焦啊。

诗的最后一句揭秘却出人意料,原来,"一日不见,如三月兮!"——虽然我们才一天没见面,感觉却像过了好几个月。看到这儿,又会"扑哧"一下笑出来,这女孩多情得真是可爱!

这诗翻译成现代汉语,也是极亮丽的情歌:

青青的是你的衣领,悠悠的是我的心境。纵然我没有去找你,难道你就此断音信?

青青的是你的佩玉,悠悠的是我的情怀。纵然我不曾去会你，难道你不能主动来？

来来往往张眼望啊，在这高高城楼上啊。一天不见你的面啊，好像已有几月长啊！

这首诗的主色调就是"青"。在古汉语中，"青"通常指今天所说的蓝色，有时也指绿色。诗中的"青"应为蓝色。诗中所描画的男子衣领是青色的，身上系玉佩的绶带也是青色的，自然，把那女孩焦灼的思念也染成了青色——你青青的衣领是我挥之不去的牵挂，你青青的绶带铭刻着我的思念。青青的颜色在这女人心里如同蒿草一样疯长，那是蔓延无边的爱。

这诗中的"青青子衿"句，后来因为曹操的引用、演绎而成为传诵千古的名句。《诗经》是汉朝孩子小时候的课本之一，曹操小时候一定学《诗经》学得很好，所以后来成年作诗时才能脱口而出。《诗经》之后，四言诗就衰落了，是曹操使四言诗再次登上中国文学的舞台，并华丽地演出，他在《短歌行》里这样唱：

青青子衿，悠悠我心。但为君故，沉吟至今。
呦呦鹿鸣，食野之萍。我有嘉宾，鼓瑟吹笙。
明明如月，何时可掇？忧从中来，不可断绝。

雄才大略的曹操当然不会像《诗经》里的郑国女子一样婉约、多情。"青青子衿"二句虽直用《子衿》的原句，一字不

变,喻义却变得更为深远。值得注意的是他所省掉的两句话:"纵我不往,子宁不嗣音?"他用一种委婉含蓄的方式来提醒那些"贤才":我纵然求才若渴,然而事实上天下之大,我不可能一个一个地去找你们,就算我没有去找你们,你们为什么不主动来投奔我呢?曹操用这古诗句,表达了对贤才的渴求。

金庸对《诗经》的熟悉、喜爱和灵活运用,可谓小说家中的极致了,我已引用了太多,但是写到这儿,还是忍不住引用一下。《射雕英雄传》第十二回《亢龙有悔》中,欧阳克见到黄蓉时,"张开折扇,扇了两扇,双眼凝视着她,微笑吟道:'悠悠我心,岂无他人?唯君之故,沉吟至今!'黄蓉向他做个鬼脸,笑道:'我不用你讨好,更加不用你思念。'"

还记得看翁美玲版电视剧《射雕英雄传》时,翁美玲演的黄蓉俏皮喜人的模样。而欧阳克,是一袭华丽的白缎长袍,风度翩翩。前一阵子重温老版《射雕英雄传》,看到此处,正喝着茶,看到欧阳克耍着折扇摆了个pose(姿势),吟出这几句诗,我笑得差点儿把茶水喷出来,呛得直咳嗽——欧阳大哥这点儿文采也敢拿出来骗黄蓉这样的才女啊?!欧阳克的作秀之语,是糅合了《郑风·子衿》中的"悠悠我心"、《郑风·褰裳》中的"岂无他人",以及曹操《短歌行》中的"但为君故,沉吟至今"拼凑而成的。黄蓉熟读诗书,又冰雪聪明,焉能不知?黄蓉这样的女人,哪会看重男人的臭皮囊,她要的是皮囊下的真心,如郭靖。

中国古人最喜欢"才子配佳人"的爱情,无数个书生在一个个爱情故事中你方唱罢我登场。除非是中了状元当了官，不然美女和书生的爱情都没有好结局。从女人的角度看中国历史上的这一系列恋爱，真是憋气又晦气！

我倒不是与"青衿"们有仇，只是他们太过纤弱、敏感，只有陷入爱情的冲动，而没有成就爱情的能力。试想，梁山伯和祝英台的爱情如果落实到婚姻，梁山伯手无缚鸡之力，肩不能挑、手不能提，做生意又没有本钱，怎么养活自己和祝英台？俗话说，贫贱夫妻百事哀，真结了婚过上了为一日三餐油盐柴米而发愁的日子，祝英台难道真不会动摇、不会埋怨、不会后悔？

我不敢想，也不能想。

女人，恋爱时就唯美吧，不唯美对不起自己；真的面对生活的一地鸡毛，就要坚强，你自己才是真正能使自己幸福的人。现在，先不去管，就在城门楼边等你爱的那个书生好了。满心，满心的青色真是好看！

第八章
在水一方——《诗经》中的女人

《诗经》中文辞最美的一部分是《国风》，《国风》所描绘的人物中，最活色生香的则是女子：桑树间、小河边、城墙下，衣香鬓影，此哀彼乐，让三千年后的我们充满了怀想——

《诗经》中第一个登场的是那采荇菜的淑女，我们看不清她的模样，只能远远地望着她窈窕的身姿。当金黄色的荇菜花堆满船舱，她的笑靥便在河岸久久伫立凝望的男子心中盛开，牵动了千古传唱的"关关雎鸠，在河之洲。窈窕淑女，君子好逑"。还有载于史册，演绎出无数人生传奇的文姜、宣姜、庄姜、许穆夫人、夏姬，更多的是一个个不知名的女子，她们额头明净、眼神清亮，踩着田野的露珠逶迤而来，偶尔爆发出一阵银铃般的笑声，飘荡在空中。她们或在城门角边心急如焚地等情郎，或捋篮采着卷耳想着出征在外的丈夫，或在盛大的祭祀礼仪中对舞蹈的健美巫师暗生情愫，她们情真真意切切地透出一片情感原初的清亮……

《卫风·硕人》
巧笑倩兮,美目盼兮
——最美的女人最忧伤

《诗经》中大多数美女的美都是虚化的,罩着一层面纱。看那绰约身姿,你知道她是美的,却说不出她具体美在哪里。而这其中有一个女子,诗人却不惜油彩去细细勾描她的美。其好比一幅油画,在《诗经》一系列中国画写意的美人图中,显得格外引人注目。这女子身份尊贵、美貌倾城、性情温雅,堪称完美,她就是《卫风·硕人》中"巧笑倩兮,美目盼兮"的庄姜:

硕人其颀,衣锦褧衣。齐侯之子,卫侯之妻,东宫之妹,邢侯之姨,谭公维私。

手如柔荑,肤如凝脂,领如蝤蛴,齿如瓠犀,螓首蛾眉。巧笑倩兮,美目盼兮。

硕人敖敖,说于农郊。四牡有骄,朱幩镳镳,翟茀以朝。

大夫夙退,无使君劳。

河水洋洋,北流活活,施罛濊濊,鱣鲔发发,葭菼揭揭。庶姜孽孽,庶士有朅。

诗名叫《硕人》,开篇的头一句即言"硕人其颀",描绘了出嫁途中的庄姜所给人的第一印象,就是高大健美的身材。《诗经》其他篇章中的靓女俊男,也都是以"硕"为美——《唐风·椒聊》所赞美的妇人"硕大且笃",身材高大而有风度;《陈风·泽陂》中"有美一人,硕大且卷",是说诗中女主人公所爱慕的男子身材魁伟、面貌英俊,而且长着满头鬈发,十分俊朗;《小雅·白华》中有"啸歌伤怀,念彼硕人"句,诗人用歌声表达思慕之情的对象也是个"硕人"。由此,我联想到古希腊罗马时代的女神画像,无论哪一个都是高大丰腴的,有着浑圆的臂膀、结实的双腿和圆隆的小腹。可见在人类的"先民"时期,无论东方还是西方,都喜欢那种高大丰硕型的美女,其审美观是以健康和生殖崇拜为尚的。庄姜之美,极为典型地体现了《诗经》时代的审美倾向,与后世文学作品中那些多愁善感、体弱多病的美女形象反差极大,给人一种阳光灿烂的感觉。

是谁家的女孩这么美呢?"齐侯之子,卫侯之妻,东宫之妹,邢侯之姨,谭公维私。"这五句诗罗列强调了新娘的身份,真是位名门闺秀!尤其是"东宫之妹"一句,点明了庄姜跟齐国太子是一母所生,凸显了她尊贵的身份。她是齐庄公的女儿,要嫁到卫国去,做卫庄公的妻子。这美人儿不只身材好,她——

/ 诗经：万物皆有情 /

手如柔荑，肤如凝脂，领如蝤蛴，齿如瓠犀，螓首蛾眉，巧笑倩兮，美目盼兮！

那纤纤的手指像茅草的嫩芽，肌肤柔滑得像凝结的油脂，脖颈白得像天牛的幼虫，牙齿洁白整齐如葫芦籽，额头方方正正，眉毛弯弯又长长。这描绘好似一幅工笔画，千载之下，犹如亲见其音容笑貌。"巧笑倩兮，美目盼兮"一句最是传神生色，是诗中的经典名句。这是说庄姜笑起来两个酒窝特别迷人醉人，一双美目黑白分明。我国古代许多文人都称此诗为"美人图"，方玉润《诗经原始》即说："千古颂美人者无出此二语，绝唱也。"如果当时有模特大赛的话，以庄姜的身高和相貌一定会在春秋时代的美人中夺冠。

凸显了新娘的美丽和尊贵之后，诗中还描写了送嫁的规模，诗动态地描绘了这一切。"河水洋洋"，黄河水浩浩荡荡；"葭菼揭揭"，芦苇花洁白温柔，送亲的队伍就是在这优美的环境中行进的。诗中并未写卫国如何来迎亲，却写臣子们早早就退朝了，后面还特意加了一句"无使君劳"，让庄公好好休息，不要劳累，再联系结尾的鳣鱼、鲔鱼，暗示着卫国人祝福庄公夫妇有鱼水之欢。

写到这里，我忍不住叹气了，古代的文人在这样的心境下会搁笔，今天的我也在电脑前停下了飞舞的十指——不忍写下那历史的真实！

《硕人》是《诗经》三百零五篇中写女子写得最美的，却又是最无情的一篇。这美是冷眼旁观的美，虽然旁观者清，才有如此清晰的描绘，但旁观者冷，毕竟缺乏当局者的迷恋。

庄姜的美只属于盛大婚礼仪式的点缀，而与情爱无关，反倒在对这美丽的铺叙中深含着悲悯——这样一个身份尊贵的美女，这样一个盛大的婚礼，如是写言情小说的话，它的结尾该是"从此后，才子佳人，白头偕老"吧？可历史的真实往往让我们大跌眼镜。《毛诗序》云：

《硕人》，闵庄姜也。庄公惑于嬖妾，使骄上僭，庄姜贤而不答，终以无子，国人闵而忧之。

原来在这完美的婚礼仪式之前，卫庄公早有心上人！

以卫庄公的地位以及他所处的时代，都是一夫多妻的。《毛诗序》的"惑"字用得好！男女之爱，本无理由和原因，只是深深地互相迷惑。我倒对那个"嬖妾"生出了许多好奇？她是什么样的狐魅子啊！真想坐上时光倒流的机器，去见识一下那个使庄姜的美丽、尊贵和贤德都黯然失色的女人。

没有爱的婚姻，其实只是一床光彩夺目的锦缎被子，叠起来放在床上，是给别人看的。不敢想象庄姜盛装出嫁了解到真相后的心情。"贤而不答，终以无子，国人闵而忧之。"这短短数字，包含了一个女人一生的眼泪！一个没有经历过爱情的女人，再美再好，也只是一束塑料花，既不生动，又没有香气：那如柔荑般纤细的手指，只能抓住黄昏的孤独；那如蝤蛴般洁白圆润的脖颈，可曾留下一吻？如葫芦籽般整齐而洁白的牙齿，

咀嚼过多少独守空房的寂寞？而黑白分明的美目，看着红颜一日日凋零，是否掠过一丝惶恐？

卿本绝代佳人，姻缘错配，竟成弃妇！

庄姜的美，是蝴蝶标本式的美、蜡人式的美，而不是秀色可餐的美。中国古代的男人发明出许多"意淫"的词汇，"秀色可餐"就是其中的一个。这样一个旖旎风情的词语都与庄姜无关。因为她的贤德，世人敬她爱她，诗人歌咏她，没有人用看一个女人的眼光去看她，她已经是一个符号化的美女了。

其实，春秋时女人虽然地位不高，但在恋爱上是有很多自由的。庄姜的悲剧在于她的身份所必须承担的政治婚姻，那是她无从选择的。被无数男子倾慕的庄姜只能嫁给荒淫纵酒的卫庄公，就因为他管理着齐国的西篱，是庄姜父兄的屏藩！当代美女的际遇就要好得多了，选择都是自愿的，可令人难过的是，依然有很多女人在情感中受伤。难道是因为女人对情感太沉溺也太纠缠？或者是人类的感情要受太多条件的拖累？

在先秦，女人想要青史留名是件很难的事。整部《诗经》所提名的女性中，被史书《左传》记录下来的只有许穆夫人和庄姜。而《诗经》和《左传》后来都成为儒家经典《十三经》的一部分，作为历代中国人必读的教科书，庄姜也就成了儒家经典中永葆青春、美丽的新嫁娘。这个身材颀长、衣饰华丽的明艳女子已经乘着五彩雕饰的婚车走到了黄河边，带着她的绝世姿容和悲情故事在含笑行进着，婚姻对她来说还是一张白纸，她期待着……

一转眼，却已悠悠千年。

《卫风·竹竿》
驾言出游，以写我忧
——中国第一位女诗人

每一个人都有很多个侧面，好比一颗夺目的钻石，无数个光洁的侧面组合在一起，就成了美丽闪耀的钻石。精彩女人的心灵比钻石还要多一个侧面。我写许穆夫人，就从她比钻石多出的那一个侧面写起。

春秋时代，无数美丽的女子就像花一样，开了又落了，没有人知道她们的名字。而许穆夫人却被《诗经》《左传》等作品反复赞美着。她才华特出、美貌非凡，是中国第一个美女作家。但仅凭这些，她还不足以名垂青史。令她冠压群芳的，是巾帼更胜须眉的豪情！人们在她的名字前常常会加上这样的定语：中国第一位爱国女诗人。

这位著名的女英雄、中国第一位女诗人，让我们抛开她头上的种种桂冠，从她心底的那一句忧伤去探访她吧——她说："驾言出游，以写我忧。"《竹竿》和《泉水》这两首诗中，

她都重复了这句话。说这话时她已经是个熟女了,熟女的忧伤不会影响日常生活,可那忧伤却是清醒的、无处不在的。那,她的忧伤源自哪里呢?来看《卫风·竹竿》:

籊籊竹竿,以钓于淇。岂不尔思?远莫致之。
泉源在左,淇水在右。女子有行,远兄弟父母。
淇水在右,泉源在左。巧笑之瑳,佩玉之傩。
淇水滺滺,桧楫松舟。驾言出游,以写我忧。

抛开个别晦涩的古汉语,这首诗是非常明丽的,如果用现代汉语来歌唱的话,那就是:

钓鱼竹竿长又长,垂钓淇水旁。故乡的美怎能忘,奈何路迢迢。
泉水汩汩流啊,淇水哗哗淌。女大当嫁别家乡,远离兄弟和爹娘。
淇水潺潺流啊,泉水叮咚响。明眸善睐一女郎,佩玉叮叮当。
淇水悠悠不回头,桧木桨摇松木舟。摇船游荡真畅快,愿能疏散我心中的烦忧。

当许穆夫人还年幼时,就注定了她将会有不凡的一生。她的母亲就是春秋时著名的大美人宣姜。在那个没有电视、没有电话、没有手机短信更没有各种选美大赛的时代,她的艳名就传遍各诸侯国了,以至于她的老公公(卫国国君)在她出嫁的路上就把她截住,娶作了自己的新娘。宣姜后来再嫁,她的情事在《左传》中多有记载,我就不费笔墨了。从这一点想见,许穆夫人首先有遗传的惊人美貌,而出身贵胄也决定了她能比同时代的女孩有更多机会读书、嬉戏。她有无忧无虑,甚至可以说是亮丽的童年和少年。许穆夫人在卫国都城朝歌读书习文,在城郊骑马射箭,在淇水边垂钓荡舟。生活似乎永远就这样平静而幸福,可就在这平静中,山雨欲来——

卫国因为内乱不断,日渐衰败。到许穆夫人出嫁时,卫国已经是风雨飘摇了。飘摇也好,鼎盛也罢,像许穆夫人这样的贵族女孩都没有选择爱情的自由,她的婚姻只能是一场政治交易!不管你怎样美丽、怎样才华横溢,都只能把自己交付给一个从一开始就把你当作交易品的男人。琴瑟合鸣只能是个梦!

既然是交易的筹码,就要最大限度地赢得。许穆夫人并未不切实际地追求自由的爱情,而是主动挑选贵婿,希望能借自己的婚事对父母之邦有所帮助,她想选择后来被称作春秋五霸之一的齐桓公。可她连这点儿自主权也没有,被嫁给一个小国的国君许穆公。那个时代的女子结婚了就从夫姓,许穆夫人流传于世的名字也是从出嫁那一刻叫响的。她烂漫的少女时代就这样匆匆结束了。

好女人是一架钢琴,适合她的男人就是最好的琴师,能把她弹奏出最华丽的乐章。历史上对许穆夫人的丈夫记载不多,应是个平庸之辈吧?也难怪,这样杰出的女人,哪一个男人在

她的光辉比照之下不平庸呢？我倒觉得，她的丈夫可能是极爱她的。他不能给她想要的，就给她自由。"驾言出游，以写我忧。"这是多么优雅、富裕又轻快的忧伤啊！许穆夫人出嫁后的生活应该也是从容自在的吧？

只是那渴望宏大乐章的心灵寂寞着——那个能弹奏她的男人终生也不会出现了吧？遥想故乡、遥想那曾经的少女时光，只能轻轻地叹气了。

《命运交响曲》的激荡音符终于在这个女人的生命中响起来了——

许穆夫人日夜思念的家乡卫国出事了。她的哥哥卫懿公是中国历史上最著名的昏君之一，他根本不理朝政，心思都放在了养宠物上。他的宠物是鹤，照说爱宠物不是罪过，可他玩得太过了。他把鹤封为"将军"，让鹤享受比士大夫还要优厚的待遇，出巡时随同的鹤可以乘坐华丽的车辆。为了供养这群白鹤，卫懿公还额外向百姓征收"鹤捐"，激起卫国国民的强烈不满。卫国每况愈下，一天天衰败下来。北方狄族看到卫国岌岌可危，便于公元前660年入侵卫国。卫懿公征调民众抵抗，老百姓和军队的将士都不肯为他卖命出征，说："叫你的鹤将军去杀敌好了。"卫国很快灭亡了，卫懿公也死于乱军之中。难民们渡过黄河，逃到南岸的漕邑（今河南省滑县附近），拥立戴公（许穆夫人的另一个哥哥）为国君，可戴公很快也死了，卫人又立了文公。

许穆夫人听到卫国国破君亡的噩耗之后，痛彻心扉，恨不能插翅飞回家乡。她去请求自己的丈夫帮忙，许穆公却怕引火烧身，不敢出兵。这正应了她当年择婿时的远见，许国是不堪依靠的。许穆夫人气恨交加，她毅然决定快马加鞭赶赴漕邑。许国的大臣纷纷去拦阻她，这些大臣对许穆夫人大加抱怨，有的责怪她考虑不慎，有的嘲笑她徒劳无益，有的指责她抛头露面有失体统。许穆夫人坚信自己的决定是无可指责的，她决不反悔，并铿锵写下了千古名篇《载驰》，表明了自己的爱国之心。许穆夫人回到卫国后，先卸下车上的物品救济难民，接着与卫国君臣商议复国之策。不久，他们招来百姓四千余人，一边安家谋生，一边整军习武，进行训练。同时，许穆夫人还建议向齐国求援。从这一点看，许穆夫人不只有美貌、有辞采，还是个有政治头脑的人。

以上这段文字改写自《鄘风·载驰》，《左传·闵公二年》的记载与此诗完全相合。这首诗既赋且歌且论，毫无脂粉气，而更多英雄的荡气回肠，在历史上一直被赞叹着。

齐桓公派出自己的儿子无亏率兵三千、战车三百辆前往卫国相助。因齐国这个大国的出手相助，宋、许等小国也派人参战，帮助卫国打退了狄兵，收复了失地。从此，卫国出现了转机，两年后，卫国在楚丘重建都城，恢复了它在诸侯国中的地位，又延续了四百多年之久。

历史，没有辜负许穆夫人。

可是，历史舞台往往只记录一个人的精彩出场，却从不展示谢幕之后。在这精彩绝艳的行为之后，许穆夫人过着什么样

的生活呢？历史上没有记载。我想她的老公是爱也不能、恨也不敢吧？不要妄想心心相印，能相敬如宾就是福了。

越剧《红楼梦》"黛玉焚稿"一段唱："我一生与诗书做了闺中伴，与笔墨结成骨肉亲。"这也是许穆夫人的写照吧？她的心事，无人能懂，那就用笔墨诉情怀吧。在《诗经》学史上，《竹竿》和《泉水》两首诗是不是许穆夫人的作品，一直有争议。我想，那样一个著名的女诗人、卫国人心目中的大英雄，怎可能只有一首《载驰》流传于世呢？卫人爱戴她必然会传诵她的多篇作品。

我们常常把女英雄想象成一个圣女，一点儿红粉和香艳添到她身上都是折辱。这其实是儒家的贞洁观在作怪。女英雄首先是个女人，每一个女英雄都是在俗世女人的身体上生长起来的。野史上常说许穆夫人和齐桓公有私情，结合许穆夫人出嫁时的选择，似乎也有可能。

因为许穆夫人的精彩，《诗经》中有几首记录她的诗，再结合《左传》对她事迹的记载，这个两千年前的女人竟然流传至今了一份比较清晰的个人档案——可以想见她的风采曾撼动了多少人！

《郑风·褰裳》
子惠思我，褰裳涉溱
——女人也爱得勇敢

《诗经》中最有趣的女人应该就是《郑风·褰裳》的女主人公：

子惠思我，褰裳涉溱。子不我思，岂无他人？狂童之狂也且！
子惠思我，褰裳涉洧。子不我思，岂无他士？狂童之狂也且！

翻译成现代汉语，大意是——你如果爱我、想着我，那就提起你的衣裳渡过溱水和洧水来和我相会！你若不爱我，难道就没有别人爱我？你这厮别太骄傲了！

简单几行字，一个既开朗豪爽又心思缜密，既俏皮泼辣又深情曲致，既单纯坦率又坚强勇敢的年轻少女站在了我们眼前。在以男性为中心的时代，女人在爱情中都是弱者。可

这个女人却唱出了刚强、独立的曲调,令两千多年后的我为之神往!

如此深情款款又大胆热辣的女子,世上男人应该无不心向往之吧?

女性在情感方面似乎天生有种被动的潜意识,从古至今,我们能看到有多少女性主动地追求所爱?她们做得最多的就是等待、等待、再等待,活生生地将自己真实的情感压抑,甚至扼杀。《褰裳》这样天真爽朗的爱情追求,看得喜煞我!

今天捧在我们手上的《诗经》,最初是由周王朝的一个个采诗官四散到民间——收集整理起来的。这些采诗官都是长于音乐、长于文辞的。可以想象,其中一个采诗官走到了郑国,旅途风霜也遮掩不了他文质彬彬的气度。他走到了洧水边,因长途跋涉而略带疲惫。这时,一个郑国女子脆亮地唱出了"子惠思我,褰裳涉洧。子不我思,岂无他士?狂童之狂也且!"采诗官的心为之一振,他的目光不由随这女子而去,甚至,他的心也被吸引了……

在历史上那些"卫道士"眼中,此诗是与礼法断断不合的,因而被指斥为"淫声"。但这女子并不是所谓的"淫女",她所说的"岂无他人"只是对情人的戏谑而已,其实她对情人并无二心,倒像是热恋中的两人闹了别扭,女孩子赌气时说的话。这火辣的语气告诉我们,这女孩是极在意这份爱的。如她心中没有爱了,大可以将这男子抛之脑后,怎会如此动气?

《诗经》时代虽是以男子为中心的时代,但对女子并没有繁文缛节的束缚。《诗经》中有许多清新爽利的女子。《召南·摽有梅》中，一个少女在采梅子时节的动情歌唱，吐露了她珍惜青春、渴求爱情的热切心声。《诗经》时代终结后，孔圣人出，中国越来越理性化，对女人的约束也越来越多，像这样大胆说爱的女人就不多见了。《列女传》把女性限制为孝顺、善良、慈悲，《女儿经》再进一步，强调德、言、容、工，后来索性把脚给裹了。像《褰裳》中这个带着点儿野气的女孩再也见不到了，正是她鲜活放纵的青春让《诗经》散发出活泼泼的生命气息，千年以后，魅力犹存。

五四运动以来，女性的地位不断上升。中华人民共和国成立后，女人更是逐步撑起了"半边天"。到了今天，女性的心灵发展获得了更大的自由空间。可即使在今天，也很少有女孩直直地去对一个男孩说：我喜欢你，快来追求我吧。现代爱情号称是自由的，可大多数女孩在静静等待追求自己的男人。这不由地让我更赞叹那个说"子不我思，岂无他人"的女子。

读多了《诗经》，看多了一个个女人在爱情中的炙热，也难免为之操心、着急。《褰裳》中的女子虽令人叹服，可她的情郎回应如何呢？这才是关键啊。如果妾有意郎无情是多么煞风景啊。

诗在这女孩最灿烂处戛然而止了，真是大智慧！

因这一个个谜题，那果敢的女子才更惹人怜爱，才有更多的人愿与她同呼吸、共命运。她泼辣又俏丽的样子也更贴近你的心。

《卫风·伯兮》
自伯之东,首如飞蓬
——女为悦己者容

很久很久以前,刚刚脱离野蛮迈向文明的人类就懂得了美。可以想象,那时爱美的女性在河边、水畔临水而立,对着水影理一理凌乱蓬松的头发,掬一捧清泉洗面,让容光焕发,再采一朵野花插在鬓边。

从古到今,女人对美永远是热衷的、投入的。可,《卫风·伯兮》里却有一个女人慵懒地说:"自伯之东,首如飞蓬。岂无膏沐,谁适为容?"

美从来都是娱人又悦己的,这个女人却完全抛掉了自己,因为,她陷入了爱情!

有本书上说桑葚之于小鸟是种致命的诱惑,就像爱情之于女人——

伯兮朅兮,邦之桀兮!伯也执殳,为王前驱。

自伯之东,首如飞蓬。岂无膏沐,谁适为容?
其雨其雨?杲杲出日。愿言思伯,甘心首疾。
焉得谖草?言树之背。愿言思伯,使我心痗。

《诗经》三百零五篇,差不多篇篇有情,而情最浓者,就是《伯兮》中的女人。从诗的第一章开始,她就毫无保留地夸耀自己的男人是多么杰出、多么受器重,是"邦之桀兮"(国家的英雄);诗中流露着无限的骄傲和得意,使人仿佛看见她脸上焕发的神采,而感染到她的喜悦。东北话有"傻老婆夸汉子",说的就是这种女人。这样的女人傻虽傻,却是幸福的。对她丈夫"执殳"去"为王前驱",为国家的安危冲锋在前,她并不觉得有什么感伤,感伤是之后的事。在当时,毋宁说她以之为荣呢!

女人的脸上总是清楚地写着爱情的来去。转入第二章,当她的丈夫出征以后,这位小妇人竟无心梳洗,以致"首如飞蓬"。飞蓬,学名狼尾蒿,是一种生命力极强的草,长遍大江南北。"飞蓬"其实取的是狼尾蒿的种子被风吹散的样子。诗中没有正面写这女子如何思念丈夫,而是白描出女子的容貌,她素面朝天如花儿凋谢。这四字把她那失去了生活重心,茶饭无心的恹恹情态形容了出来。虽简约,却情意深重。紧跟着的两句:"岂无膏沐,谁适为容?"是心迹的表白,是以对自己女性美的破坏来拒其他男人于千里之外。后来杜甫的《新婚别》中写新娘告别即将上战场的丈夫,也要"当君洗红妆"。可见,发

如蓬草，不是爱的荒芜，而是将爱的火山潜入心的根脉埋藏，只等待与爱人重逢那一刻的迸发。

　　这四句诗是言情的经典。女人，都会爱上爱情的。这古老的诗句，以它不加修饰的素朴又真挚的情感，触动了一代代女人心中的柔软，就如一颗美丽的流星，在女人心灵的天空划过。尽管这女子傻傻地爱着丈夫，为他的英勇杀敌而骄傲，可毕竟分离是实实在在的。"悲莫悲兮生别离"——我们曾有过无数爱的誓言，你回来才能——实现啊！爱如潮水吞噬了我，头脑中溢满了关于你的回忆。第三章的"愿言思伯，甘心首疾"中，女子因思念过度，头脑发昏，却也心甘情愿。

　　思念的水漫金山，会浸软任何钢硬的心。第四章的"焉得谖草"最是高妙！

　　"谖草"是传说中的忘忧草，哪里才能找到忘忧草呢，让我吃了就能忘记你？

　　这比第三章的思念又深了一层：人在极为情苦时会羡慕无情，同样在思念到极点时，也会希望遗忘。不是真的希望忘掉，而是"能遗忘多好"的叹息。只可惜，忘忧草难觅。女人在心底密匝匝地写满了思念，无法排遣，"使我心痗"，也就是相思成疾了。

　　不能相濡以沫，也不能相忘于江湖。

　　离别的痛像钉子，戳进了我的心脏，怎能不滴血？怎能不疼痛？

　　时间沉淀了一切尘土砂石，却沉淀不了一个平凡女子朴素的爱情箴言。

热恋时的卿卿我我、两情相悦时的惊喜、分离时的焦灼与痛苦，想来古时一如今日。盼归的女子，英武的吉士，真情灼灼，都镌刻在几千年厚重的历史碑石上。我在哈尔滨冬天的夜晚读来，仍随之热血不已。

在《诗经》这条河流中，有无数在水一方的女子，最能令现代男士看重的，应该就是《伯兮》中这个头发散乱的女子吧？世界越多元、爱情越嬗变，人们越会倾心于单纯的美好。你看，穿越三千年光阴，她仍在坚定而深情地守望着，那情态不由你不怜爱、不感动。

因为，陷入爱情的女人最美！

《陈风·株林》
乘我乘驹,朝食于株
——终结《诗经》的女人

写下"夏姬"这个名字之前,我特意先喝了点儿酒。酒壮人胆,只有在微醺的状态下我才有勇气为她做传。

"北方有佳人,绝世而独立。一顾倾人城,再顾倾人国。"夏姬就是这样一个倾国倾城的美人儿,将她的传奇人生写一部长篇小说都绰绰有余,在这么短的篇幅内很难浓缩。由于她与陈灵公等三位国君有不正当关系,人称"三代王后";她曾先后七次结婚,史载"七为夫人";有九个男人因她而死,又称"九为寡妇"。尽管如此,追求她的男人还是前赴后继、无怨无悔,我想称她为"性感女神"也毫不为过吧?

在中国历史上,像李十娘、马湘兰那样的名妓也不愿与夏姬的名字并列,觉得是侮辱;普通女性更是不敢随便把她挂在嘴上,似乎说出她的名字自己就变成了狐狸精。夏姬实在是中国女性中的另类!

没人能确切描述夏姬的美貌，但发生在她身上的一连串故事似乎可以表明，中国历史上，乃至世界历史上，都很难找出第二个像她这样吸引男人的女人。她兼具有骊姬、西施的美貌和妲己、褒姒的狐媚，传说她曾得仙人指点，学会了一套"吸精导气"之方与"采阳补阴"之术，不仅能让男人在床上欲仙欲死，还会使自己青春常驻。这种阴阳采补之说完全把性爱视为两性间的掠夺战争，如何能把对方的"精气"据为己有，是他们孜孜不倦探讨的。夏姬能永葆艳丽，不断地魅惑男人，已经被妖魔化了。

夏姬是郑穆公的女儿，郑国原为殷商民族的后裔，民俗中有许多张扬个性的东西，喜欢饮酒、跳舞，男欢女爱有很多自由。在这样的国家生长起来的夏姬，美貌之中比同时代的女人更多了一分天性中的自然奔放。据说夏姬从小就是个大胆的女孩，在没有出嫁前就偷吃了禁果。她父亲万没料到自己的女儿如此棘手，赶紧把她嫁给离自己远远的陈国司马（相当于现在的三军司令）夏御叔。

夏御叔是陈国君主的后代，有封地在株林。如果夏御叔能好好地活着，两人也是才子配佳人的一对儿，夏姬又生了一个儿子，名叫夏南，一家三口其乐融融。命运常常在我们不经意处转弯，夏御叔壮年而逝，夏姬成了小寡妇。夏姬所生活的时代没有后世所谓的礼教，她是散漫随意的女子，相貌又是那般惊人美丽，怎可能独自看花开花落，寂寞数月圆星稀呢？夏御叔去世没有多久，他生前的同事孔宁与仪行父，先后都成了夏

姬的情人。

　　能成为男人心头永远的朱砂痣，必是既能伤人又很迷人的狐狸精，拥有她，人生如春日桃花盛开灼灼；失去她，你就变成了《聊斋志异》里被狐女遗弃在乱坟岗的柔弱书生。她既会让得不到的男人心痒难耐，更会让已经得手的男人欲罢不能。夏姬的美艳与风情，史书上并未具体描绘，但却描述了她身边的每一个男人对她的非理性痴迷。男人其实比女人更容易妒火中烧，总把所爱的女人看作私产，别人侵犯一点儿都决不容许，历史上这类争风吃醋的事件太多了。其他那些倾国倾城的女子，比如西施、褒姒、妲己、陈圆圆等，在一个时段之内也都只专属于一个男人。可，这条规律并不适用于夏姬，她能把与她有性爱之欢的男人们都聚到一起喝酒！孔宁与仪行父数年拜倒在她的石榴裙下却相安无事，甚至把当时的国君陈灵公也拉了进来，多角恋搞得不亦乐乎。陈灵公为了讨好夏姬，任命夏姬的儿子夏南承袭了他父亲生前的官职与爵位，成为陈国的司马，执掌兵权。充满肉欲与暧昧气息的《陈风·株林》就以笑语写出了他们之间的多角恋：

　　　　胡为乎株林？从夏南。匪适株林，从夏南。
　　　　驾我乘马，说于株野。乘我乘驹，朝食于株。

　　陈灵公君臣三人都像吸了毒品一样地迷着夏姬，整天往株林跑，而且都是坐着豪华的车子，一路上浩浩荡荡，赶着去夏姬家吃早饭。陈国的老百姓当然知道他们的丑事（地球人都知道了），却故作不知地开玩笑：他们到株林干什么去呢？旁边的人答：是去找夏南了吧。大家一起会心坏笑：他们真的不是去株林，真的是去找夏南了。《株林》一诗虽短，却在笑语中力透纸背！

钱锺书的《围城》中有个很经典的语汇"同情兄"，是赵辛楣称呼方鸿渐的，他以为鸿渐与他一样爱苏小姐。孔宁、仪行父和陈灵公这三人是"同爱兄"吧？最夸张的是，这君臣三人和夏姬欢娱之中，还顺手牵羊把夏姬的内衣偷偷地穿在身上，在朝堂上公然谈论夏姬的风情，交流性爱心得，说到激荡处，还掀开外衣互相露出夏姬的内衣逗趣，荒淫无耻至极。有个叫洩治的大臣实在看不过，劝了几句，竟被杀了。

公元前 599 年的夏天，哥儿三个又去夏姬家喝酒作乐。酒酣处，陈灵公对仪行父说道：夏南长得真像你啊。估计夏南是个帅小伙，两位大臣连忙恭维：哪里哪里，夏南长得还是像您，像您！简直就是您的亲儿子。夏南刚好听到了君臣三人的这场调笑，羞辱得无地自容。《株林》这首歌谣肯定早已传进了他的耳朵。一个热血少年怎能忍受如此触目惊心的侮辱？血气上涌的他埋伏在马厩，射冷箭杀死了陈灵公。孔宁和仪行父腿快，逃到了楚国。这个少年的弑君行为给了楚国借口，楚庄王出兵灭了陈国。夏南被捉，处以"车裂"（五马分尸）的刑罚。夏姬也被掳到了楚国。

夏姬在楚国贵胄面前的亮相必定惊艳，这个国家最出类拔

萃的男人们集体丧失了理智。楚庄王、公子熊侧、执政子反，都争着要收纳夏姬为妾，但被大夫巫臣以国家兴亡大义劝阻。为顾及王室颜面，楚庄王只好忍痛割爱，将夏姬赐给刚刚丧偶的襄老为妻。襄老战死后，夏姬又与他的儿子私通，影响很坏。还是那个表面一本正经的巫臣建议将夏姬送回娘家郑国。之后巫臣借口要与齐国结盟而出使，途经郑国娶了夏姬，扬长奔晋国而去。这离他初见夏姬，已有十年了。这让长期垂涎于夏姬的楚国贵族们嫉恨不已，为了泄恨，竟然诛杀了巫臣全族。巫臣发誓一定要复仇，于是派儿子出使临近楚国的吴国，教吴国人射箭、驾车、兵阵等先进军事技术，不断侵扰楚国。从此，楚国后院起火，疲于奔命，国势自此衰落。

这是对夏姬情欲人生最简练的描述，但仅仅是这浓缩精华版，也足以让人惊心动魄。夏姬比较完整的故事主要见于《左传》，在《诗经》和《国语》中有所补充或印证，秦汉之后的各种说法就更多了。一个女人以"淫荡"之名竟然史载之、诗咏之，后人常叹之，甚至已经成了"淫妇"的代名词，该是个历史奇观吧？中国历来没有欣赏"资深"美女的习惯，男人们津津乐道的都是豆蔻年华的二八少女。以香艳震动天下的夏姬开始她的人生传奇时已经超过了三十岁，这绝对是春秋战国乃至古往今来的异数！

传统《诗经》学多认为《株林》是三百零五篇中产生最晚的一首诗。笑话夏姬的这首诗成了《诗经》时代的终结，这给了我充分的理由而费这么多笔墨来写她。

美女亡国的故事，历史上比比皆是。古希腊人为了一个叫海伦的美女发动了旷日持久的特洛伊战争。海伦之美，使长老们感叹，为她再打十年仗也是值得的。这场战争后来被编成伟大的咏叹调《荷马史诗》。中国古代的男士们，对夏姬的美艳却感到了深深的恐惧，因为她摇荡了人心、紊乱了纲常。刘向编纂《列女传》时，即认为夏姬的美是一种妖术。《东周列国志》和《株林野史》更是兴致勃勃地描述夏姬的床上功夫、巫臣又如何与她棋逢对手……

这一切，充分说明了礼教束缚下的中国人色情想象力有多么丰富。

夏姬的辛辣性感、纵情纵欲使得她的艳帜在中国历史上永远红艳地招展着，道学家们怎样跳脚唾骂都与她无关，她只是随着命运的转弯散漫走着。

可靠的史料中，几乎没有关于夏姬内心世界的记述，对于与她有染的一个个男人，她的意愿怎样？她的感受又是怎样？她唯一的儿子因她的"淫祸"被酷刑杀死，她有没有哭？永远是一个谜了。